Le goût amer du carambole.

LE GOÛT AMER DU CARAMBOLE.

Le goût amer du carambole.

Olivier Vidot

Le goût amer du carambole.

Le goût amer du carambole.

En application de l'art. L.137-2.-I. du code de la propriété intellectuelle, toute reproduction et/ou divulgation de parties de l'œuvre dépassant le volume prévu par la loi est expressément interdite.

© Olivier Vidot, 2024

Édition : BoD · Books on Demand GmbH, In de Tarpen 42, 22848 Norderstedt (Allemagne)
Impression : Libri Plureos GmbH, Friedensallee 273, 22763 Hamburg (Allemagne)

ISBN : 978-2-3225-5280-1
Dépôt légal : Octobre 2024

Le goût amer du carambole.

Le goût amer du carambole.

Mot de l'auteur.

Bonjour, je m'appelle Olivier Vidot et je suis originaire de la Réunion, où je vis actuellement. Je tiens à te remercier d'avoir choisi mon livre parmi tant d'autres. J'espère que tu apprécieras son style et son histoire. Je te remercie de m'avoir donné cette chance. Mon aventure littéraire a commencé par les podcasts, pour lesquels j'ai écrit quelques fictions sonores pour adultes. Cela m'a donné l'envie d'écrire mon propre podcast, "La Réunion, d'Avant", qui explore l'histoire de l'île. Puis, j'ai eu envie de mettre en scène mes propres récits. Au début, j'avais pensé les adapter en série sur YouTube. Cependant, la réalité m'a vite rappelé que je n'avais pas les moyens de financer un tel projet. Je veux remercier ceux qui n'ont pas cru en moi et m'ont découragé, car leur scepticisme m'a incité à aller de l'avant. Et, à tous les autres, je dis : continuez à créer comme si votre vie en dépendait, car c'est souvent dans l'adversité que nous trouvons notre plus grande inspiration.

Olivier Vidot.

Le goût amer du carambole.

Table des matières

Table des matières..
1 Retour précipité..
2 Des liens distants...
3 Une nuit éblouissante..
4 Voyance aveugle..
5 La bonne mésaventure..
6 Une errance déterminée..
7 Un accusé innocent..
8 Une véritée caché...
9 Une décision indécise..
10 Une éternité éphémère..

1 Retour précipité

Ce que je m'apprête à vous raconter semble fou et certains diront que c'était simplement le fruit de mon imagination. Mais, cependant, tout ce que je vais vous relater est bel et bien réel. Cette histoire s'est déroulée en deux mille dix-sept et a fait grand bruit dans toute l'île. Les journaux locaux en ont fait leurs gros titres, relatant les événements avec une fascination mêlée de stupeur.

Je m'appelle Lucien, Lucien Fatol, et je suis originaire de La Réunion. J'ai une sœur jumelle, ou plutôt, j'en avais une. Depuis ce drame, ma vie a complètement changé. Nous avons grandi dans l'ouest de l'île, à Saint-Paul, dans un quartier appelé Fleurimont. Nous avons été élevés par notre tante, qui a été autant notre mère que notre père. Dans notre quartier, tout le monde se connaissait et on s'entraidait souvent. Mais, depuis mon retour, les choses ont changé.

Quant à mes parents, nous n'avons jamais connu notre père. Notre mère, quant à elle, a passé de nombreuses années en soins psychiatriques. Elle réside désormais dans une maison de repos, où elle peut recevoir les soins et l'attention dont elle a besoin.

Le goût amer du carambole.

Ma sœur et moi avions toujours été très proches. Nous partagions tout, de nos jeux et secrets à nos rêves les plus fous. Inséparables, nous ressemblions à deux faces d'une même pièce. Cependant, tout a basculé ce jour fatidique, un tournant dans nos vies…

Notre mère, Lucienne, n'a jamais voulu avoir de contact ni avec moi ni avec sa fille, sauf ma tante, c'était la seule qui pouvait venir la voir parfois. Tout le quartier, considère ma mère, et encore aujourd'hui, comme une folle. Le jour où j'ai eu l'occasion de lui rendre visite depuis mon retour, elle m'avait menacé de m'étrangler.

Ce qui était plutôt sympa comme retrouvailles. J'ai quitté l'île à l'âge de dix-huit ans, en mille neuf cent quatre-vingt-dix-huit, pour entreprendre des études dans la restauration. C'était la meilleure solution que j'ai trouvée pour partir.

Aux fils du temps, un sentiment pesant et dérangeant imprégnait la maison, comme s'il y avait quelque chose de bizarre qui était tapi. L'atmosphère était oppressante, et les opportunités professionnelles semblaient, elles aussi, s'être évaporées.

C'est alors que j'ai commencé à explorer les possibilités qu'offrait la métropole, espérant trouver une échappatoire à cette étouffante réalité.
Le seul organisme capable d'assister les jeunes à cette époque était l'ANPE, aujourd'hui connu sous le nom de France Travail.

À l'époque, ils faisaient preuve de plus de souplesse comparée à aujourd'hui. Finalement, je suis resté dix-neuf ans à Istres, à trente minutes de Marseille, où j'ai pu travailler comme serveur, garçon de café dans la région PACA.

Ma sœur et moi étions inséparables, partageant tout, l'un avec l'autre lors de nos longues conversations téléphoniques, au grand dam de mon ex-femme. Notre tante, quant à elle, faisait de son mieux pour s'occuper de nous deux. Bien que j'ignore exactement comment elle gagnait sa vie, je savais qu'elle travaillait comme femme de ménage.

Mais, il y avait des mystères dans sa vie. Les week-ends, des personnes lui apportaient des cadeaux étranges, des poules, des lapins, ou même des enveloppes remplies de billets. Quand nous lui demandions pourquoi, elle répondait que c'était parce que nous étions bons avec les gens et que c'était leur façon de nous le rendre.

Le goût amer du carambole.

Il y avait quelque chose de mystérieux dans ces cadeaux inattendus, et je me demandais toujours qui étaient ces personnes et pourquoi ils nous offraient ces présents si généreux.

Il y avait bien une chose, quand nous étions enfants, qui intriguait ma sœur et moi. Au moins une fois par mois, généralement un vendredi, notre tante se préparait avec soin, revêtant des vêtements entièrement blancs. Puis, elle sortait, ne revenant pas avant les petites heures du matin. Ce rituel mensuel était pour nous un mystère, et nous nous demandions souvent où elle allait et ce qu'elle faisait pendant ces absences nocturnes. C'était comme si elle avait une double vie, et nous ne pouvions qu'imaginer les secrets qu'elle gardait.

Une nuit, ma sœur et moi, piqués par la curiosité, avons espionné notre tante par la porte entrebâillée. Nous avons vu une silhouette imposante et mystérieuse, vêtue d'un costume et d'un chapeau, qui tenait la portière de sa voiture. Nous étions persuadés, en tant qu'enfants, qu'elle travaillait pour des personnes très riches et qu'elle assistait à de grands festins. Mais, chaque fois que nous posions des questions sur ses activités, sa réponse était toujours la même.
— Cela *ne vous regarde pas et vous devriez être au lit depuis longtemps*. Disait-elle.

Le goût amer du carambole.

Le matin du quinze mars deux mille dix-sept, j'ai reçu un appel de ma sœur, Sylvie. Dès les premières notes de sa voix, j'ai su qu'il y avait quelque chose qui n'allait pas. En effet, elle m'annonça la nouvelle du décès de notre tante.

Cette nouvelle m'a plongé dans une profonde tristesse et a également ravivé les souvenirs et les mystères qui entouraient cette femme si spéciale dans nos vies.

J'étais là ! Sur le cul, à essayer de réaliser ce que je venais d'entendre, notre tante n'est plus de ce monde. À cette époque, mon divorce venait d'être prononcé. Moralement, je pouvais dire que j'ai connu mieux. Effectivement, en l'espace de quelques jours, j'ai vu onze ans de vie commune balayés par un juge et Sylvie qui m'annonçait le décès de notre tante.

Sans réfléchir, j'ai rassemblé mes affaires, ce qui n'était pas beaucoup après le divorce. Mélanie et moi avions tout construit ensemble, une maison avec jardin, des voitures, des emplois prenants, mais gratifiants. Nous commencions même à parler d'avoir des enfants. Mais, les absences fréquentes et mon métier de serveur ont pris le dessus sur notre relation.

Puis, il y avait aussi le fait que j'avais été infidèle. Mélanie avait fini par trouver du réconfort ailleurs, et je ne pouvais pas lui en vouloir. J'avais été absent émotionnellement et physiquement, et elle avait fini par combler ce manque. Je ne pouvais pas lui en vouloir, même si cela avait contribué à la fin de notre mariage.

Mais bon. Une fois mes maigres affaires réunies dans une unique valise, j'ai saisi mon ordinateur et réservé sans hésiter un vol aller simple pour l'île de la Réunion.

J'arrivais à l'aéroport de la Réunion le dix-sept mars à neuf heures trente, la chaleur se faisait ressentir dès mon arrivé. À la sortie, j'ai remarqué la silhouette de Sylvie qui me faisait de grands signes. Très heureux de la retrouver, je l'ai prise dans mes bras.

Puis, après quelques taquineries de sa part, on se dirigea vers la voiture et direction Saint-Gilles-les-Bains, là où elle habitait. Sur la route, Sylvie m'expliqua que notre défunte tante nous avait légué sa maison à Fleurimont. Il y aurait des papiers à signer avec le notaire. Cependant, il y avait un hic, l'oncle, le frère de notre tante, n'était pas ravi que nous héritions de la maison. Nous avions beaucoup de respect pour lui, et cette nouvelle nous mit dans une position délicate.

Le goût amer du carambole.

Lors de la veillée, ma sœur remarqua la présence de nombreuses personnes inconnues, dont certaines qu'elle avait côtoyées après mon départ. Leur comportement était étrange, et elle se sentit mal à l'aise. Vers vingt-trois heures, un groupe de femmes se mit à chanter dans ce qui semblait être du malgache, selon les dires de ma sœur, bien qu'elle n'en soit pas certaine. L'atmosphère était chargée de mystère et de secrets, et ma sœur se sentit encore plus perdue face à ces rituels inconnus.

Ma sœur aurait surpris une conversation entre notre oncle et un groupe de femmes habillées en blanc. Elles parlaient de nous, les *"gosses de cette folle"* et disaient que nous ne resterions pas longtemps dans cette maison. Elles affirmaient que nous étions trop faibles d'esprit pour calmer cette chose et que nous serions vite chassés de cet endroit. Ces mots mystérieux et menaçants laissèrent ma sœur troublée et inquiète.

J'étais abasourdi par les mots de ma sœur. Cet oncle, que nous considérions comme un membre de la famille, qui nous rendait visite et passait du temps avec nous, pourquoi un tel changement d'attitude ? Je ne comprenais pas de qui ou de quoi il parlait ? Mais, si c'était la maison qu'il voulait, alors qu'il la prenne ! Je n'étais pas intéressé par un héritage qui causait autant de problèmes.

Alors que nous nous rapprochions de Saint-Gilles-les-Bains, les révélations sur cet héritage devenaient de plus en plus complexes et mystérieuses. La situation semblait se compliquer, mais mon optimisme naturel m'incitait à croire qu'il y avait une explication rationnelle à tout cela. Pour l'instant, je profitais de ces moments avec ma sœur à La Réunion. Nous verrions bien ce que l'avenir nous réservait une fois les papiers signés.

2 Des liens distants

Une fois arrivé chez Sylvie vers onze heures, elle me fit rapidement visiter sa modeste demeure située un peu à l'écart du centre-ville. C'était une petite maison avec une entrée pour garer sa voiture, offrant une vue imprenable sur le port. Mis à part la vue et la chaleur, Sylvie n'avait rien perdu de son côté désordonné. Ses vêtements étaient éparpillés un peu partout, comme si elle était encore une adolescente, et quelques bouteilles de bière qui traînaient sur la table basse. Naturellement, quand ma sœur bien-aimée m'a proposé de loger chez elle plutôt que de débourser pour un hôtel, elle n'a pas mentionné qu'il n'y avait qu'une seule chambre.

Je lui demandai donc où je pourrais dormir. Sa réponse ne me surprit guère.
— *On peut dormir dans le même lit, ce n'est pas la première fois.* Me répondait-elle. C'était sûr, elle n'avait pas changé.

Sur les coups de midi, ma sœur me proposa sa grande spécialité locale, deux pizzas de chez *"Tony pizza"*, qui étaient accompagnées de deux "Dodo", une bière locale que je n'avais pas goûtée depuis longtemps.

Tout en savourant notre repas, nous avons partagé des souvenirs d'enfance, des anecdotes amusantes et des bêtises faites à l'école et au collège.

Ce moment de complicité nous a permis de nous reconnecter et de revivre de bons souvenirs. Même avec le temps, le côté *"hippie"* de ma sœur était resté intact. Sa vision décontractée et tranquille de la vie n'avait pas changé et à l'approche de la quarantaine, elle n'était toujours pas casée, préférant papillonner plutôt que de se poser.

Cependant, ce qui m'intriguait le plus, c'était comment, avec son attitude "super relax", elle était devenue responsable adjointe d'un magasin de fringue. Son attitude décontractée contrastait avec ses responsabilités professionnelles, et je me demandais comment elle parvenait à concilier les deux.

Ce qui était censé être un simple déjeuner avec des pizzas, se transformait très vite en apéro, Sylvie se précipita sur son frigo pour nous sortir une bouteille de rhum arrangé, qu'elle avait confectionné elle-même à base de plante aromatique et d'ananas.

Au fil des heures, nos anecdotes joyeuses ont cédé la place à un sujet plus sérieux, la visite de la maison à Fleurimont le lendemain et la rencontre avec le notaire.

Cette visite m'appréhendait beaucoup avec tout ce que j'avais entendu dans la voiture et je me demandais comment nous allions faire les formalités administratives.

J'espérais que Sylvie avait déjà pris les devants, mais j'en doutais fortement. Personnellement, je me sentais stressé rien que d'y penser, qu'allons-nous découvrir dans cette maison héritée et quels secrets recèle-t-elle ?

Puis, elle se leva, pour se diriger vers son bahut et fouilla dans son tas de publicités et de courrier qui traînait là depuis un moment. Elle me ramena une enveloppe qui était décachetée, en me disant que ça venait de la boite aux lettres de la maison.

Je sortis la lettre et ce que j'y lus me laissa perplexe *"La sorcière est morte, foutez le camp"*. Je regardai ma sœur, cherchant des réponses. Elle me répondit simplement que notre tante avait des secrets que nous ignorions. Cette lettre était-elle une menace ? Qui l'avait écrite ? Les questions tournaient dans ma tête, ajoutant une couche de mystère et d'inquiétude à cet héritage.

J'ignorais tout de l'histoire de ma propre famille. Je découvrais aussi que notre défunte tante avait une vie secrète, bien loin de l'image d'une simple femme de ménage.

Il semblait aussi que notre présence n'était pas souhaitée par certains, et que notre héritage pouvait déranger des personnes que nous ne connaissions même pas. J'ai questionné ma sœur sur ce qui s'était suivi de mon départ, mais selon elle, rien de particulier n'avait changé.

Cependant, elle me confiait que notre tante était de plus en plus fatiguée et qu'elle peinait à continuer son travail de femme de ménage en raison de son âge. Elle refusait de prendre sa retraite, insistant sur le fait qu'elle ne gagnait pas assez d'argent.

La nuit arriva très vite, nous avons fini cette Bouteille de rhum arrange et ma sœur et moi avions dormi l'un à côté de l'autre dans le canapé.
Le lendemain matin, réveillé par l'arôme enivrant du café, j'avais encore la tête un peu lourde à cause du rhum de la veille. Sylvie me tendit une tasse de café en souriant, me disant que cette tasse me rappellerait le bon vieux temps. Elle me pressa ensuite de me dépêcher, car nous devions être à Fleurimont avant le notaire.

En arrivant à Fleurimont, des souvenirs d'enfance ont commencé à affluer. Je me souvenais des jours d'école terminés, où nous cavalions dans les rues de ce quartier familier. Puis, là, devant moi, la maison de notre tante, avec une pancarte *"Bienvenue au Carambole"*.

Le goût amer du carambole.

J'avais presque oublié que notre tante avait appelé sa maison " le carambole". Sylvie ouvrit le portail et on entrait dans un jardin créole, autrefois magnifique, désormais envahi par les mauvaises herbes et les déchets. L'intérieur de la maison n'était pas mieux, une légère odeur de brûlé et la poussière omniprésente qui suggéraient que personne n'avait vécu ici depuis un moment.

J'ai demandé à Sylvie si elle n'avait pas oublié quelque chose dans le four avant de partir, elle me répondit tout en me taquinant, que c'était peut-être ma fierté était à l'origine de cette odeur.

Sylvie ouvrit les fenêtres, laissant entrer la lumière du soleil qui fit briller la poussière suspendue dans l'air. Même elle, qui avait contribué au nettoyage approfondi de la maison après l'enterrement de notre tante le seize mars, trouva étrange la quantité de poussière présente.

Mais, ce qui était encore plus bizarre, c'était que, selon les traditions de notre défunte tante, la maison devait être entretenue quotidiennement par une personne désignée, et une bougie devait rester allumée jour et nuit pendant une certaine période.

Sylvie et moi, nous sommes retrouvés devant la chambre de notre tante. De son vivant, nous avions l'interdiction formelle d'y entrer, et cet ordre avait duré longtemps. Tout en me regardant, Sylvie me disait que même pour le grand ménage, elle n'avait pas le droit de rentrer dans cette pièce.

Elle me fit signe de la tête que cette fois-ci, il n'y avait personne pour nous interdire d'y entrer. Je me suis dit que tant qu'à faire, la chambre avait besoin d'être aérée. Alors que je m'apprêtais à ouvrir la porte, une voix nous interpella depuis l'extérieur. C'était le notaire, accompagné de son assistant. J'ai trouvé étrange qu'il se déplaçait en personne.

Le notaire et son assistant n'étaient pas présents pour effectuer les formalités administratives habituelles ou pour nous souhaiter la bienvenue. Ils étaient là pour nous remettre une clé, une clé énorme qui tenait dans ma main. Ma sœur et moi étions intrigués par la taille de cette clé en fer forgé et nous nous sommes demandés quel genre de porte elle pouvait bien ouvrir.

La seule réponse que nous avons eue, c'est que c'étaient les volontés de notre défunte tante. Après ces formalités administratives qui m'ont semblé insignifiantes, j'ai eu envie d'explorer cette maison, de découvrir ses secrets et ce qu'elle cachait depuis toutes ces années.

Le goût amer du carambole.

Après le départ du notaire, Sylvie était bouleversée, son visage était devenu aussi blanc qu'un cachet d'aspirine. Elle insistait pour que je l'accompagne, mais il y avait un truc qui me retenait dans cette maison, comme un pressentiment. Je l'ai accompagnée jusqu'à la voiture, lui promettant que je descendrai dans la journée de demain. Je voulais explorer cette maison, et surtout cette chambre, pourquoi était-elle interdite !

3 Une nuit éblouissante

Il était seize heures trente, lorsque j'ai reçu un message de Sylvie m'informant qu'elle était rentrée et qu'elle allait mieux. Pendant ce temps, j'ai décidé d'explorer la maison, curieux de découvrir ce qu'elle cachait.

Concernant les papiers de succession, Sylvie s'était occupée de la plupart des démarches, me prouvant une fois de plus que je pouvais compter sur elle. Lors de mon exploration, je n'ai trouvé aucune porte qui correspondait à la clé géante, mais j'ai découvert des cahiers de recettes et cinq médaillons identiques cloués discrètement un peu partout dans la maison, y compris sur la porte de la chambre de notre tante. Ces découvertes intrigantes m'ont laissé perplexe, m'incitant à vouloir en savoir plus sur les secrets de notre défunte tante.

Après avoir retiré et examiné les médaillons, j'ai constaté qu'ils étaient petits et faits de métal. Sur une face, il y avait un saint avec un soleil en arrière-plan, et de l'autre côté, il y avait des lettres *"C S P B C S S M L..."*. Il y avait aussi une inscription en latin, du moins je crois, mais je ne pouvais pas en être sûr.

Je ne comprenais pas la signification de ces médaillons, alors je les ai mis de côté, les considérant comme un mystère supplémentaire à résoudre.

D'un pas décidé, j'osais pénétrer dans la chambre de notre tante, à première vue, rien de particulier de ce que pouvait avoir une chambre, elle était très modeste, un matelas posé sur un sommier, une armoire à deux portes sans miroir, une table de chevet et une fenêtre qui donnait une vue sur un océan lointain. Quant au contenu de l'armoire, elle était vide. Tant pis, j'étais un peu déçu de ne pas savoir pourquoi elle nous interdisait de rentrer dans cette chambre, ou juste de venir les soirs où l'orage grondait si fort.

Il était dix-huit heures et la faim commençait à se faire sentir. Je me suis souvenu du camion à pizza que nous avions croisé plus tôt. Pourquoi pas une pizza pour le dîner ? Le camion n'était qu'à quelques pas de la maison. Sa carte était aussi longue qu'un avant-bras, avec des options telles que la pizza ananas, la pizza banane et même la pizza macaroni. J'étais surpris par la variété des choix, et je me suis dit que l'un de mes anciens chefs aurait sûrement été choqué par ces combinaisons inattendues.

J'ai commandé une pizza royale et quelques bières pour me tenir compagnie pendant la soirée, car la maison était toujours dépourvue d'appareils électroménagers.

Même la vieille télévision lourde de notre tante n'y était pas restée. Heureusement, que le minimum syndical fonctionnait toujours « l'eau et l'électricité ».

J'ai aperçu, au loin, le frère de notre tante, qui se dirigeait vers le camion de pizza. J'ai pensé que c'était peut-être l'occasion de lui demander des explications sur les choses que j'avais entendues. Mais, au lieu d'un accueil chaleureux, il m'a jeté un regard glacial et m'a affirmé que nous ne resterions pas longtemps dans cette maison.

Ma sœur avait raison, son comportement avait réellement changé. Cet homme, qui avait été un père de substitution, était désormais distant et froid. J'étais déconcerté par ce revirement de situation, me demandant ce qui avait bien pu se passer pour provoquer une telle réaction.

Ces mots m'avaient irrité et j'ai tenté d'obtenir des éclaircissements en le saisissant par les bras. Mais, il est devenu encore plus agacé, me disant d'oublier tout ça et de rentrer chez moi en métropole.

De retour à la maison, je ne parvenais pas à comprendre ce brusque changement de comportement. Qu'est-ce qui avait bien pu se passer pour qu'il ait une telle réaction ? Plus j'essayais de comprendre, moins je trouvais de sens à tout ça.

J'ai ouvert la boîte de pizza et pris une part, savourant le goût inhabituel tout en buvant une bière. La nourriture et l'alcool m'aidaient à oublier temporairement mes questions sans réponse. Le mélange de la bière et du décalage horaire commença it à faire son effet, je sentais mon corps s'alourdir sous le poids de la fatigue et m'entraîner dans un profond sommeil.

Plus tard dans la soirée, j'ai été réveillé par des chuchotements incompréhensibles, comme si une personne parlait à distance, ses mots devenant de plus en plus flous. Mes yeux étaient grands ouverts, et j'étais incapable de bouger, comme paralysé par la peur. Mon cœur battait la chamade, et la sueur perlait sur mon front.

L'inquiétude grandissait en moi alors que les chuchotements devenaient plus forts, accompagnés de bruits de pas. Une silhouette féminine émergea de l'obscurité, projetant une présence en même temps envoûtante et terrifiante.

Son odeur calcinée, comme celle de la couenne d'un porc passée au chalumeau, m'envahit les narines. Pris de panique, je me sentais impuissant face à cette entité mystérieuse qui s'approchait.

Son visage, d'une couleur grisâtre, avait une beauté macabre, presque surnaturelle. Ses yeux, d'un noir abyssal, semblaient dévorer l'essence même de ceux qui osaient les regarder. Ses cheveux d'ébène, ornés de plumes sombres, encadraient un visage aux traits anguleux et impitoyables. Des tatouages complexes, aux motifs indéchiffrables, serpentaient le long de son corps, semblant prendre vie, comme des vers se tortillant sous sa peau.

Ses mouvements étaient à la fois gracieux et bestiaux, comme une créature sauvage prête à bondir. Mais, c'était son rire qui me glaçait le sang dans les veines, un rire sinistre qui semblait porter les échos d'un monde inconnu et terrifiant.

C'était presque comme le cri d'une bête sauvage, résonnant dans l'air comme une malédiction. Elle posa sa main sur mon torse, où mon regard était fixé sur un bracelet en tissu rouge.

Cette chose, qui sentait la chair brûlée, approcha son visage du mien. Je me débattais, mais en vain, incapable de tourner la tête de plus de quelques centimètres. Son sourire.

Un rictus effrayant dévoilait des dents aiguisées comme celles d'un requin. La panique m'envahit alors que je réalisais mon impuissance à bouger ou à crier.

Dans un murmure terrifiant, elle me chuchota à l'oreille que notre négligence entraînerait des conséquences. Je me sentais impuissant face à cette créature mystérieuse et menaçante, et une peur profonde s'installa en moi.

Le lendemain matin, le chant du coq du voisinage me réveilla brusquement. Il était déjà huit heures et mon téléphone affichait un appel manqué et un message de ma sœur. En regardant autour de moi, je réalisai que tout était normal, sauf les restes de la pizza et les bouteilles de bière qui attendaient d'être jetés.

J'écoutai le message de Sylvie, qui disait qu'elle passerait en fin de journée ou même avant, selon l'heure à laquelle la gérante arriverait. J'étais soulagé que tout cela n'ait été qu'un cauchemar dû à la fatigue. Je décidai de prendre une douche et d'aller prendre un café dans la boulangerie qui était à dix minutes à pied d'ici.

À ma grande surprise, pour aller prendre mon petit-déjeuner, j'ai vu une enveloppe qui dépassait de la boîte aux lettres. J'ai lu la lettre et son message était clair. Ma sœur et moi n'étions pas les bienvenus. Je n'avais aucun doute sur l'auteur de cette lettre, notre oncle. Les paroles de ma sœur et son comportement de la veille confirmaient mes soupçons. Cette situation me laissait perplexe et inquiet, me demandant ce qui avait pu provoquer une telle réaction de sa part.

En entrant dans la boulangerie pour prendre mon café, j'ai été frappé par les changements qui s'étaient produits dans le quartier. Il y avait plus de béton et moins d'arbres, même la mentalité des gens avait évolué. Ils étaient collés à leurs téléphones, ils ne prenaient plus le temps de discuter comme avant. Le bruit constant, autrefois intolérable, faisait maintenant partie de leur quotidien, et ils répondaient d'une phrase toute faite qu'ils étaient habitués à ce désordre permanent. Cette nouvelle réalité me rendait triste, me rappelant une époque plus simple et plus connectée humainement.

L'île que j'avais connue dans le passé avait disparu, remplacée par une réalité plus moderne. Je devais accepter ce changement, même si cela me rendait nostalgique.

J'ai donc acheté quelques cannettes de bières pour la journée et je suis retourné à la maison, le cœur un peu lourd.

Une fois arrivé et que mes affaires ont été débarrassées, je voulais nettoyer ce jardin qui ne ressemblait plus à rien. Je me dirigeai vers l'arrière de la maison, où se trouvait le cabanon avec tous les outils pour le jardin, et non loin de là, une petite maison, un peu abandonnée, que ma chère tante avait construite comme un abri pour les oiseaux.

Les premiers coups de pioche se produisaient. D'abord, je ne jardinais pas, et puis le soleil de la Réunion cognait si fort qu'il n'aidait pas du tout, mais cela ne m'empêchait pas de poursuivre.

Puis une odeur de brûlé commençait à apparaître. Je regardai tout autour de moi, mais il n'y avait rien d'anormal. J'ai même fait le tour de la maison. Cette odeur de brûlé devenait désagréable, elle était trop insistante.

À un moment, j'ai remarqué une silhouette dans la maison. Je me dis que si c'était mon oncle, là, il ne me pouvait pas me faufiler comme la dernière fois. Je voulais des explications et il allait me les donner.

Je me suis précipité à l'intérieur, je l'ai vu entrer dans la chambre, je l'ai suivi et là ! Ce que j'ai vu me paralysa de peur.

Elle était là ! Et, cette odeur de brûlé, comme si on avait cautérisé une plaie ouverte avec les moyens du bord, était plus forte. Mon cœur battait tellement fort qu'il résonnait dans ma tête.

Cette silhouette que je suivais me fit rappeler celle de mon cauchemar, elle était plus évidente cette fois-ci. Presque dévêtue, avec une peau cendrée, remplie d'inscriptions qui avaient leur propre existence. Sa tête tourna vers moi, et mes yeux furent captivés par les siens, entièrement noirs, dépourvus de pupilles.

J'avais l'impression d'être dans un film d'horreur, et je sentais que cette créature me vidait de mon énergie. Une douleur violente, comme de l'électricité dans mon cerveau, m'envahit soudainement. Tout tournait autour de moi à une vitesse vertigineuse, et je perdis connaissance.

Quelques minutes plus tard, je repris connaissance. J'étais confus, désorienté, un peu comme un brouillard mental. Je regardai autour de moi, il n'y avait rien, personne, même pas cette chose horrible.

Je me posais la question si ce que j'ai vu était réel ! Y avait-il quelqu'un d'autre dans la maison, ou c'était le soleil ? Moi qui étais habitué au soleil de la région marseillaise, et bien là, je pouvais dire que oui ! J'ai eu un coup de chaud. Juste un coup de chaud et rien d'autre.

Je me suis débouché une bière, elle était à température ambiante, mais bon, peu importe, je me suis remis à ma tâche. Vers midi, j'ai dû m'arrêter à cause de la chaleur. J'avais bien avancé et le jardin commençait à retrouver l'allure qu'il avait auparavant. J'étais plutôt content du résultat.

J'ai décidé de rentrer pour ranger le désordre que j'avais laissé la veille et aussi pour prendre une douche. J'ai ramassé les bouteilles vides et la boîte de pizza pour les jeter, et c'est alors que j'ai aperçu les médaillons que j'avais retirés.

J'ai hésité un instant, me demandant s'il fallait les garder. Mais, en les examinant, je ne voyais pas leur utilité, alors je les ai mis avec les déchets. J'ai rapidement balayé la maison, comme si ma tante me regardait de là-haut, puis je me suis dirigé vers la douche. Pour les vêtements de rechange, je demanderai à ma sœur de m'en ramener quelques-uns.

Pendant que je prenais ma douche, j'entendis le vacarme de Sylvie entrant dans la maison. Elle se mit à décrire sa matinée à voix haute, me racontant ses aventures avec enthousiasme, même si j'avais du mal à tout comprendre avec le bruit de la douche. À peine sorti de la salle de bain, je vis Sylvie devant la porte, un sac de vêtements à la main.

Tout en me scrutant du pied à la tête, elle me disait avec humour.

— *Tu as l'air d'avoir un petit quelque chose de spécial aujourd'hui. Heureusement que je te connais un peu, j'en suis sûr que tu n'as même pas prévu de vêtements.*

Alors qu'elle me tendait le sac, un détail attira mon attention et me fit frissonner, un bracelet en tissu rouge. Le même tissu que portait la créature de mon cauchemar. Je demandai à Sylvie d'où il venait, ma voix trahissant mon inquiétude.

Elle me répondit qu'une cliente le lui avait offert juste avant son départ. Elle me décrivait cette cliente comme une belle femme, mais je me demandai si je ne me trompais pas. Après tout, nous étions à La Réunion, et les bracelets rouges étaient courants d'après ce que je pouvais voir. Peut-être que j'exagérais en dramatisant la situation.

4 Voyance aveugle

Sylvie est restée pour une bonne partie de l'après-midi et a eu la bonne idée d'apporter à manger. Elle avait apporté un plat traditionnel de la Réunion, le célèbre *« pain américain »*, un sandwich qui te rassasie tellement que tu n'as plus envie de manger et que tu oublies même que tu es en régime ! Pour accompagner cela, elle avait également apporté des bières.

Une fois que nous avons terminé de manger, je me suis mis à débarrasser la table et j'en ai profité pour demander des nouvelles de la signature du contrat avec le notaire. Sylvie m'a répondu qu'il nous rappellerait dans quelques jours pour finaliser les détails. Puis, elle m'a proposé d'organiser une petite fête d'inauguration pour célébrer notre nouvelle acquisition, juste entre nous, dans cette maison qui allait bientôt devenir la nôtre.

L'idée ne me déplaisait pas, mais il fallait quand même que je finisse le nettoyage du jardin et peut-être rajouter un peu de confort, comme une télé, une cafetière et pourquoi pas ma valise ! M'installer ici ! Cela me paraissait une bonne idée. Après tout, il y avait deux chambres, un peu de réaménagement et l'affaire était dans le sac.

Je m'apprêtais à demander à Sylvie son avis, lorsque nous avons été interrompus par une voix qui criait de l'extérieur.

— *Il y a quelqu'un ?*

Sylvie se précipitait vers la porte de la véranda et a accueilli la visiteuse avec une joie évidente, ce qui m'a laissé perplexe quant à l'identité de cette personne. La dame qui est entrée était une femme élégante, coiffée d'une capeline et vêtue d'un tailleur, avec une voix douce et agréable. Sylvie l'a accueillie avec affection et elle m'a salué par mon prénom, ce qui m'a flatté, mais j'ignorais qui elle était. Sylvie m'avait présenté madame Jeanne, qui avait été proche de notre défunte tante Joséphine. Pour être honnête, je l'avais oubliée.

Madame Jeanne est restée un moment avec nous, nous racontant des anecdotes sur notre enfance turbulente et les bons moments qu'elle avait partagés avec Joséphine.

Elle se releva du canapé en disant, quand on viendra chez elle pour prendre un café demain après-midi. Elle nous racontera un peu plus sur Joséphine, elle rajouta ensuite qu'elle était venue pour s'assurer qu'on était bien là.

L'invitation à prendre un café chez madame Jeanne était une occasion en or de découvrir davantage sur le passé de notre tante Joséphine.

Nous espérions également que, avec un peu de chance, elle pourrait nous donner des nouvelles sur l'état de santé de notre mère, ce qui nous permettrait d'enfin comprendre certains aspects de notre famille. Sylvie et moi avons accepté l'invitation de madame Jeanne avant qu'elle ne parte.

Je me suis tourné vers Sylvie et lui ai dit que c'était une excellente nouvelle, nous allions enfin pouvoir découvrir davantage sur notre tante défunte. Sylvie connaissait bien madame Jeanne, non seulement comme cliente de son magasin, mais également en tant qu'amie, leur amitié s'étant développée au fil du temps.

Avant de rentrer à Saint-Gilles-les-Bains, Sylvie fermait les dernières fenêtres, pendant que je m'occupais de jeter les sacs-poubelle puis nous avons pris la route. Une fois arrivés, nous avions commencé par nous garer près de la plage pour prendre l'apéritif tout en admirant le coucher du soleil.

Nous avons passé le temps à parler de la pluie et du beau temps, mais surtout plein de connerie. Sylvie m'a également reproché mon départ, me disant que je n'étais pas parti pour des raisons professionnelles, mais pour fuir mes problèmes. Elle avait raison, et j'ignorais comment répondre, car je ne m'étais pas rendu compte qu'elle souffrait de ma décision.

Une fois le coucher de soleil terminé, avec son spectacle de couleurs orange et de nuages multicolores, nous avons décidé de rentrer.

J'avais l'image qu'on ressemblait à deux vieux potes après cet apéro. Comme si on ne s'était pas vu depuis un long moment, ma sœur qui se plaignait de l'humanité, tandis que moi, je me demandais à quoi pouvait ressembler ma vie si j'étais resté sur l'île.

Dès que je suis arrivé chez Sylvie, j'ai été accueilli par une odeur délicieuse, celle de bonne cuisine réunionnaise. Je suis resté ébahi, car je savais que la cuisine et Sylvie n'étaient pas vraiment compatibles. Mais, à quel moment avait-elle eu le temps de cuisiner ? Peut-être qu'elle était beaucoup plus organisée que je le pensais !

Chez Sylvie, c'était toujours le désordre. Je n'ai même pas pris la peine de faire la remarque qu'elle pouvait ranger parfois. Je savais d'avance qu'elle m'aurait dit qu'elle s'en fichait. Durant le repas, elle m'avait demandé ce que je pensais de sa cuisine. Je lui ai dit que c'était le meilleur rougail saucisse que j'avais mangé depuis longtemps, c'est alors qu'elle m'avoua qu'elle l'avait commandé au Chinois du coin la veille et n'avait plus qu'à le réchauffer avant de monter.

J'ai été surpris qu'elle ne l'ait pas cuisiné elle-même. Mais, je me suis rendu compte que même si elle n'était pas une grande cuisinière, elle savait apprécier une bonne nourriture.

Après le repas, nous nous sommes installés sur le canapé pour regarder une série qu'elle affectionnait particulièrement, mais la fatigue me gagnait. Mes paupières devenaient de plus en plus lourdes, et Sylvie dut me secouer pour me convaincre d'aller dormir dans la chambre.

Lorsque j'y suis entré, j'ai été frappé par le désordre qui y régnait. Son lit était encombré de tout un bric-à-brac, comme le reste de la pièce. J'étais trop épuisé pour faire des commentaires, et je me suis laissé tomber sur le lit, vaincu par la fatigue.

Bien plus tard dans la nuit, une odeur de brûlé envahissait la chambre. Je sursautai en me demandant s'il y avait le feu dans la cuisine, mais non, pire que ça ! Je ne pouvais ni bouger, ni crier. Cette odeur me faisait penser à cette chose qui allait venir, je sentais mon corps s'alourdir de plus en plus.

Lorsque j'ai finalement réussi à ouvrir les yeux, elle était là. À Califourchon, comme une cavalière maîtrisant son cheval. Son regard me transperçait, et j'ai eu l'impression d'être englouti par l'obscurité qui semblait aspirer toute la lumière de l'univers.

Elle se mouvait lentement, son bassin ondulant avec une sensualité troublante, tout en posant sa main sur ma bouche. L'odeur de chair brûlée qui émanait d'elle était suffocante, âcre et nauséabonde, comme si le feu avait non seulement consumé la chair, mais également l'essence même de la vie.

La fumée âcre qui emplissait l'air me laissait un goût amer et désagréable dans la bouche. L'odeur était intense, presque étouffante, comme si la mort elle-même avait laissé son empreinte.

Sa présence s'imposa à moi, son énergie sombre et oppressive m'entourant comme un nuage de ténèbres. Je sentis son emprise sur moi, ses doigts s'enfonçaient dans ma chair comme des griffes, me causant une douleur atroce qui se propageait dans tout mon corps.

Mon regard tomba sur le bracelet en tissu rouge qui ornait son poignet, un symbole sinistre qui semblait scintiller dans la pénombre. La douleur était insoutenable, c'était comme une brûlure vive qui me consumait de l'intérieur. Lorsqu'elle eut fini de me torturer, elle me sourit avec un rictus sadique, son regard brillant d'une lueur cruelle, et me murmura à l'oreille.

— Tu seras le seul à rester, ta souffrance sera à la mesure de votre ignorance.

Alors que j'étais plongé dans l'obscurité, j'entendis la voix de Sylvie qui m'appelait de loin. Je tentai de la localiser, mais l'obscurité était si dense que je ne pouvais voir devant moi, et l'odeur nauséabonde qui emplissait l'air ne m'aidait pas à me concentrer. Finalement, je réussis à ouvrir les yeux et à apercevoir Sylvie.

Je n'avais aucune idée de l'heure qu'il était lorsque Sylvie me réveilla. La seule chose dont je me souvenais, c'est que tout cela était bien réel, car j'avais encore cette odeur de brûlé dans les narines.

Je demandai à Sylvie si une personne d'autre était présent, mais elle feignit de ne pas comprendre. Puis, mon regard tomba sur son poignet, où j'apercevais le même bracelet que j'avais vu dans mes cauchemars.

Je l'ai saisie brutalement par le bras et lui ai demandé d'où venait ce bracelet ! Elle s'était dégagée en me traitant de connard, me conseillant de retourner me coucher, car il était encore tôt.

Je n'ai pas réussi à me rendormir après avoir entendu du bruit dans la cuisine. Je me suis levé et me suis dirigé vers la salle de bains. Lorsque je suis arrivé dans la cuisine, Sylvie me proposait un mug de café, en me disant que mon cauchemar devait avoir été particulièrement intense pour que je réagisse ainsi !

Personnellement, j'étais intrigué par ce mystérieux bracelet, mais j'ai évité d'en parler, préférant discuter de la pluie et du beau temps. J'ai ensuite passé la matinée à dormir, jusqu'à ce que Sylvie me réveille vers midi et demi pour que je me prépare.

Je demandais l'endroit où cette fameuse madame Jeanne habitait, Sylvie me répondit qu'elle habitait au Bernica, pas très loin d'ici, à environ une demi-heure.

Le temps pour moi de me préparer et de partir. On arrivait devant une maison coloniale qui se distinguait par son architecture symétrique et équilibrée comparée aux autres maisons avoisinantes. Cette bâtisse était soutenue par des colonnes qui s'étendaient sur toute la largeur de la maison.

Les fenêtres étaient disposées symétriquement de chaque côté de la porte d'entrée. On vit au loin, madame Jeanne qui était dans son jardin. Elle ouvrit le portail et nous invita à nous garer sous un manguier. Quand je suis sortie de la voiture, j'ai vu un jardin qui reflétait l'influence culturelle et climatique de l'île.

Son jardin était caractérisé par une abondance de plantes tropicales colorées et parfumées, qui créaient une atmosphère luxuriante.
En entrant dans la maison, on était accueilli par un hall d'entrée spacieux et lumineux qui servait de salon.

Il y avait beaucoup de moulures décoratives sur les murs et les plafonds. Le sol était en bois franc, avec des tapis orientaux qui apportaient une touche de confort.

Madame Jeanne nous invitait à nous asseoir tandis qu'elle nous préparait un café. J'avais une multitude de questions à lui poser. Cependant, mon regard fut soudainement attiré par un symbole énigmatique situé juste au-dessus de la porte d'entrée, un cœur quadrillé transpercé par un couteau. Ce symbole me laissait perplexe, je n'avais aucune idée de ce qu'il pouvait signifier.

Au retour de madame Jeanne, elle nous a servi un café au parfum riche, profond et légèrement amer qui m'a rappelé le café que notre défunte tante préparait avec tant d'amour. C'est alors que nous avons entamé la séquence souvenir sur notre tante, partageant des anecdotes qui nous ont ramenés à des moments précieux passés en sa compagnie.

Déjà, ces deux femmes s'étaient rencontrées à l'époque où elles vendaient des fleurs et des objets religieux sur le parking de la Salette à Saint-Leu.

Elles avaient partagé cette expérience pendant de nombreuses années, mais malgré les histoires qu'elle nous racontait, j'avais l'impression qu'elle gardait certains secrets pour elle-même, que quelque chose dans son regard ou dans sa voix me laissait deviner qu'il y avait plus à découvrir derrière ses paroles.

Je décidai de lancer le sujet des enveloppes que ma sœur et moi voyions régulièrement et Sylvie confirma que cela continuait jusqu'à la fin, sans oublier les colis que nous recevions. Elle nous a avoué avec un peu de difficultés à s'exprimer, tout en étant manifestement mal à l'aise. Elles avaient bien une autre activité, en plus de vendre des fleurs et de faire un peu de ménage de temps en temps.

La manière dont elle nous expliquait le cœur de leur activité était incompréhensible, comme si c'était un sujet tabou et presque à demi-mots. Sa façon de parler me mettait mal à l'aise. Sylvie, en revanche, avait un peu plus de tact et de sensibilité que moi face à tout ce bavardage.

Elle avait su choisir ses mots avec soin et éviter les remarques brusques qui pouvaient choquer madame Jeanne. Finalement, elle nous révéla que toutes les deux, elles organisaient des cérémonies rituelles et des groupes de prières.

Leurs interventions étaient destinées à aider les personnes qui avaient perdu la foi.
Je ne comprenais pas très bien le sens que pouvait prendre ces cérémonies, alors je décidai de poser la question qui me trottait dans la tête depuis un moment :

— *Qu'est-ce que notre tante faisait de tout l'argent qu'elle recevait ?*

Madame Jeanne parut gênée, son regard se détourna et elle marqua un temps d'arrêt avant de reprendre la parole avec une assurance et une confiance renouvelée.

— *Ce que je faisais avec Joséphine, très peu, l'aurait fait et vous n'êtes pas assez ouvert à ce monde pour comprendre les gens comme nous.*
Le ton qu'elle avait utilisé, nous avait surpris moi et ma sœur, froid et distant. Puis la conversation atterrissait sur notre mère :

— *Votre mère ne méritait pas un tel châtiment. J'ignore ce qui la poussait à faire ça, mais elle ne s'est jamais remise.*

Soudain, le téléphone a retenti dans toute la pièce, interrompant notre conversation qui était bien plus captivante que le dernier blockbuster au cinéma en ce moment.

Pendant que madame Jeanne répondait au téléphone, Sylvie me regardait avec un air dubitatif, et je lui demandais si elle avait compris ce que notre tante venait de dire.

Comment pouvait-on ne pas voir que notre tante pratiquait ces rituels étranges ? Je voulais bien admettre que nous étions des enfants, que nous ne comprenions pas grand-chose à la vie, mais là, si ce que nous venions d'entendre, ma sœur et moi, était vrai, alors qu'est-ce que cela signifiait pour le reste ?

Madame Jeanne est revenue, son regard avait changé, elle avait les sourcils froncés et un regard inquiet, elle nous a demandé expressément de partir, car elle avait une urgence qui ne pouvait pas attendre. Alors que nous allions partir, madame Jeanne demanda à Sylvie si elle pouvait attendre cinq minutes, elle avait quelque chose à lui demander. Pendant que Sylvie discutait avec la propriétaire des lieux, je l'attendais près de la voiture.

En attendant que Sylvie revienne, j'ai remarqué d'autres symboles identiques à celui que j'avais vu à l'intérieur de la maison, disposés subtilement à l'entrée de la maison. Je décidai de les prendre en photo avec mon téléphone, pour les examiner plus tard.

Lorsque Sylvie revint, je fus frappé par le changement dans son expression. Son visage était tendu, son regard sombre. Elle claqua la porte en la refermant. Je lui demandai ce qui s'était passé, et elle me répondit d'une voix sèche :

— *C'est la dernière fois que je viens voir cette vieille peau, cette salope.*

Le ton qu'elle avait employé me surprit, c'était très rare de la voir ainsi. Elle qui était habituellement calme et posée, là, elle semblait bouillir de colère.

5 La bonne mésaventure.

Aujourd'hui, le vingt-deux mars. Une semaine s'est écoulée depuis mon retour à la Réunion, et je commençais à remarquer des changements chez Sylvie. D'habitude si calmes et prévisibles, elles semblaient désormais... différentes. Depuis notre retour de chez madame Jeanne, elle était devenue irritable, ce qui n'était pas dans son style. J'avais l'impression que quelque chose ne tournait pas rond, j'avais un peu de mal à la reconnaitre.

Je profitais qu'elle était au magasin jusqu'à pas d'heure pour faire quelques courses en ville, car elle m'avait dit que les clients venaient généralement en fin de journée, le mercredi.
Mais, malgré la carte postale de cette ville, je ne pouvais m'empêcher de trouver qu'elle était un peu trop bruyante. Les voitures, les scooters... tout cela me semblait un peu trop pour moi.

Au moins, l'avantage ici, c'est qu'il y avait toujours quelque chose d'ouvert pour manger ou boire près de la plage. Je traversais la ville quand j'aperçus dans une boutique d'ésotérique dans la galerie. D'un pas engagé, j'entrai dans la boutique. Une série de petites clochettes tintaient doucement, ce qui créait une atmosphère mystique.

Le goût amer du carambole.

L'intérieur de la boutique était éclairé de manière tamisée, avec des bougies et des lampes à huile qui créent une ambiance feutrée. Les rayons de lumière qui pénétraient à travers les tentures créaient des ombres dansantes sur les murs. La boutique était remplie de parfums d'encens enivrants et exotiques.

Je me dirigeais vers la personne qui était au comptoir pour avoir un peu plus de réponses sur toutes les questions que je me posais depuis que j'étais de retour à la Réunion.

C'était un homme d'âge mûr et posé. Notre premier échange était très amical, limite on se connaissait depuis longtemps, ce qui n'avait absolument rien à voir avec tous les clichés que je pouvais me faire, juste avant d'entrer.

Je sortis mon téléphone et lui montrai les photos des symboles que j'avais découverts chez madame Jeanne, pour mieux lui expliquer ma demande. Il resta bouche bée en les regardant, comme s'il venait de voir quelque chose de surnaturel. Je n'ai jamais vu quelqu'un d'aussi mal à l'aise que lui devant une simple photo.

Il me posa une pluie de questions sur mon séjour à la Réunion, sur ce que je faisais ici et sur les raisons pour lesquelles j'avais pris ces photos. Je fus contraint d'avouer la vérité sur ma présence dans l'île et ce qui se passait.

Il me regarda avec un air grave et me dit que ce symbole représentait le culte d'Erzulie, une divinité vaudou qui protégeait ceux qui la priaient.
Mais, il ajouta aussi que très peu de gens osaient s'approcher d'elle, car il n'y avait pas assez d'informations sur cette divinité.

J'étais tellement pris de passion parce qu'il me disait que je lui ai demandé plus de renseignements sur ces fameux médaillons que j'avais jetés. Je les ai décrites comme je le pouvais d'après les souvenirs qu'il me restait.

Il me regarda encore avec étonnement, en me disant que ces médailles représentaient "Saint-Benoît", c'était une protection contre les forces du mal, les détenteurs de ces médailles étaient en général des cabalistes, mais il n'y avait presque plus sur l'île.

J'ignorais complètement la signification du mot *"Cabaliste"* et les explications que j'ai reçues pour le définir m'ont un peu perdu avec ma réalité. Je n'arrivais pas vraiment à me faire l'idée que ma tante Joséphine était... Dans l'occulte et ce que cela signifiait.

Je venais de découvrir un monde qui, jusque-là, n'existait pour moi que dans les films d'horreur, et pour couronner le tout, il s'agissait de ma propre famille.

C'est à ce moment-là que ma perception des choses avait commencé à changer. Juste avant de quitter le magasin, il me tendit une carte de visite qui portait l'inscription *"Fazia, voyance et cartomancienne"*.

Je ne voyais pas comment cette Fazia pourrait m'être utile. Cependant, il me rassura en me disant que cette femme était bien plus qu'une simple voyante, elle était également une praticienne du culte vaudou à la Réunion. Je pris la carte et la rangeai dans ma sacoche avant de partir.

Après cette nouvelle, je suis resté un moment sur la plage, où j'ai fait la connaissance d'une Marseillaise qui était en vacances sur l'île. Elle était venue seule pour le moment, mais son mari devait la rejoindre dans quelques jours.
Elle n'était pas contre un peu de compagnie en attendant, et nous avons commencé à discuter.

Les choses commençaient à prendre une tournure intéressante, avec des sous-entendus très coquins, mais mon téléphone a sonné, interrompant notre conversation. C'était Sylvie, qui me demandait si j'étais libre pour prendre l'apéro à Fleurimont comme prévu. Elle était déjà rentrée et voulait savoir si on pouvait y aller maintenant.

J'ai essayé de reporter notre rendez-vous, mais elle insistait tellement que j'ai dû reporter ma rencontre avec cette charmante femme à plus tard.
De retour chez Sylvie, je trouvais étrange qu'à seize heures, elle était déjà là, puisque d'après ce qu'elle m'avait dit, le mercredi, c'était le jour où elle finissait assez tard, mais bon, je me suis dit qu'elle s'était arrangée pour finir plutôt.

Sylvie me montra avec enthousiasme une bouteille de Chianti, je fis la remarque qu'elle s'était ruinée en achetant ce style de vin, surtout à la Réunion. Elle me répliqua que ce n'était pas tous les jours qu'on gagnait une maison en héritage.

J'ai répondu " *Okay* ", mais sa façon de le dire était comme si rien ne s'était produit. Je voulais lui faire remarquer que cette maison appartenait à notre défunte tante, mais bon, c'était probablement sa manière de faire son deuil.

Pendant que je préparais quelques nécessités de base, comme du café et une bouteille de gaz pour un minimum de confort, Sylvie s'occupait du Chianti et de quelques bières. Une fois que nous avions terminé nos préparatifs, il ne nous restait plus qu'à récupérer les pizzas qu'elle avait commandées en chemin avant notre arrivée à Fleurimont.

Peu de temps après notre arrivée à Fleurimont, nous nous sommes garés devant la maison et avions déchargé nos affaires. Ensuite, on décida de prendre un apéritif ensemble, juste tous les deux, ce qui me paraissait suffisant, surtout compte tenu du comportement étrange de notre oncle ces derniers temps.

Sylvie, quant à elle, se prenait en photo dans toutes les pièces, adoptant des poses aussi ridicules les unes que les autres. Je trouvais son comportement étrange, voire insultant pour la mémoire de notre tante. Je lui ai fait comprendre qu'elle aurait pu faire preuve d'un peu plus de respect, au moins pour honorer la mémoire de notre tante.

Elle s'approcha de moi, ses doigts effleuraient légèrement mon visage, comme si elle cherchait à établir un contact physique discret. Son regard était chargé de sous-entendus, puis un sourire mystérieux jouant sur ses lèvres fit son apparition.
Elle se rapprocha un peu plus, nos lèvres étaient si proches, je me demandais ce qu'elle avait l'intention de faire. Elle me regarda en me disant :

— *Cette soirée va être spéciale, parce que c'est notre première rencontre depuis longtemps. Sois gentil.* Puis, elle s'éloigna en continuant de se prendre en selfie.

Dix-huit heures, notre premier toast était en hommage pour notre tante, on était assis dans le jardin en dégustant ce fameux vin, j'abordais le sujet de son changement d'humeur la dernière fois chez madame Jeanne, elle me répondit avec agacement :

— *Cette vieille peau aime bien embarrasser les gens avec des questions qui ne la regardent pas.*

La soirée avançait, entre pizzas, bières et anecdotes sur notre enfance. Les selfies ont continué à faire leur apparition, y compris les miens, à mon grand désarroi.

Plus tard, le vin et la bière ont commencé à faire effet. Ma sœur avait pris la chambre de notre tante et j'ai pris la sienne.

Je me laissais porter par la somnolence de l'alcool, où je fis un rêve merveilleux en compagnie de cette Marseillaise que j'avais rencontrée sur la plage, juste avant de venir.

La brise caressait ma peau, suscitant des frissons de désir. Il y avait comme une sensation de chaleur et d'intensité qui enveloppait mon corps, comme si chaque pore de la peau était éveillé et sensible au moindre toucher.

J'étais dans une énergie attirante et intrigante. Sa silhouette se rapprochait, ses mouvements étaient lents et gracieux, chaque pas créant une anticipation électrique.

Je distinguais son visage qui suscitait un désir ardent. Ses yeux étaient si intenses et pénétrants, comme s'ils pouvaient voir à travers mon âme. Un sourire mystérieux jouait sur ses lèvres, qui suggéraient des secrets et des plaisirs inconnus.

Nos respirations se mélangeaient, créant une symphonie sensuelle. Mes doigts effleurent des courbes suggestives, des contours qui faisaient naître des désirs les plus brûlants.

La sensation de toucher était amplifiée, chaque caresse envoyait des vagues de plaisir à travers mon corps. Nos baisers étaient si langoureux et profonds, que je savourais le goût et la texture de sa bouche. Ce rêve devenait plus intense, les sensations plus vives. Nos corps se mouvaient en harmonie, les mouvements étaient fluides et passionnés.

Ces vêtements, qui tombaient, révélaient des formes sculpturales et des courbes invitantes. Nos désirs atteignaient son apogée, une explosion de sensations l'envahissait, la laissant haletante et éblouie. La silhouette disparaît lentement, laissant derrière elle un sentiment de plénitude et une étreinte de chaleur.

Soudain, ce rêve érotique, qui était si intense et si envoûtant, se transforma soudainement en un cauchemar terrifiant. La chaleur étouffante et les sensations de plaisir se dissipaient, laissant place à cette odeur âcre et brûlée. La silhouette séduisante se déformait, ses traits devenaient sombres et menaçants.

Les yeux, autrefois pénétrants, se transformaient en abysse sans fond, reflétant une malveillance pure. La figure, auparavant désirée, se transformait en cette créature, ses mains, qui étaient si douces, se muaient en griffes acérées et brulant. J'essayais de me débattre, mais j'étais figé par la peur.

J'étais paralysé, incapable de me mouvoir. Cette créature ou cette chose était là, elle me fixait droit dans les yeux, tout en souriant, comme si elle était satisfaite de quelque chose.

Après cette vision cauchemardesque, je me suis réveillé brutalement pour me retrouver face à Sylvie qui me gueulait dessus tout en me menaçant avec un couteau :

— *Espèce de merde, comment as-tu pu me faire une chose aussi abjecte ? Tu es un être dégoûtant, un monstre... bâtard. Comment peux-tu vivre avec toi-même après ça ?*

Disait-elle avec une fureur qui lui déformait le visage, les dents serrées, les poings crispés, en me tenant à distance avec un couteau qui semblait vibrer dans sa main, son regard me transperçait comme une lame.

Je ne comprenais pas ce qui se passait, mais à mon avis, il y avait maldonne. Ce que je me rappelais, c'est qu'on était tellement défoncé qu'on avait pris chacun une chambre, et là ! Je me retrouve dans le salon.

Qu'est-ce qu'il s'est passé ? Je n'avais plus aucune notion, si ce n'est que Sylvie qui gueulait. J'avais beau essayer de la calmer, quand elle me balança des mots qui m'ont complètement refroidi :

— *T'as abusé de moi… je te jure que je vais te… ne fais pas le mec qui ne ce rappel de rien, espèce de …connard, tu es venu dans ma chambre et tu m'as… Violée*

Disait-elle en hurlant de rage, des larmes de colère coulaient sur ses joues, sa voix déchirant l'air comme un cri de douleur.

Je me suis approché d'elle lentement, essayant de la calmer et de comprendre ce qui s'était réellement passé. Mais, elle s'est éloignée de moi brusquement, comme si elle avait besoin de créer de la distance entre nous. L'arme était toujours dans sa main, et je pouvais voir qu'elle était prête à l'utiliser si nécessaire.

Puis, elle a pris les clés de voiture et les a serrées dans sa main. Puis, sans un mot, elle a disparu dans la nuit, laissant derrière elle un silence glacial et une multitude de questions sans réponse me taraudait l'esprit, mais je ne trouvais aucune réponse.

Après son départ, je me suis dirigé vers sa chambre dans laquelle elle avait dormi, mais je n'ai rien trouvé, ce qui me mettait dans un état de panique. Le désordre qui régnait n'indiquait rien de particulier, mais je sentais qu'il y avait un truc de pas normal. Je me demandais ce qui avait pu se passer, mais mon esprit était vide.

Une pensée me frappa comme un coup de tonnerre, avais-je vraiment fait ce dont elle m'accusait ? Non, c'était impossible. Je n'y croyais pas. Mais, le doute s'insinuait dans mon esprit, me laissant avec une sensation de malaise et de culpabilité. Les premières lueurs de l'aube commençaient à poindre, annonçant une journée qui promettait d'être compliquée.

Je préparais un café lorsque j'aperçus mon oncle par la fenêtre de la cuisine. Je me précipitai dehors pour le rattraper, mais il me jeta à peine un coup d'œil. Je me plantai face à lui, insistant pour qu'on parle, et il finit par accepter à contrecœur.

Il resta debout dans le jardin, les yeux fixés sur la maison, comme s'il cherchait à raviver les souvenirs de sa sœur décédée. Son regard était distant, perdu dans les pensées du passé, et je sentais qu'il y avait quelque chose qui le tourmentait.

Je lui apportai une chaise et lui servis un café, puis je ne lui laissai guère le temps de souffler avant de lui poser mes questions. Je commençai par lui demander pourquoi il avait agi de la sorte avec nous et avec les autres juste avant la mort de notre tante. Sa réponse me surprit énormément.

— *On n'avait pas de problème avant que vous débarquiez. Peu de temps après que Joséphine vous a recueillis, toutes ces choses ont commencé. Les portes qui claquent, les bruits de pas, des chuchotements.* Disait-il sur un ton froid, comme si j'étais le fautif à tous ces malheurs.

Puis je lui ai parlé de cette fameuse madame Jeanne, quant à l'expression *« cette vieille folle »* qu'il utilisait pour décrire cette femme, je pouvais deviner que ce n'était pas le grand amour entre eux.

Mais il me raconta aussi qu'il avait surpris une discussion un après-midi en venant voir sa sœur. Cela concernait une clé qu'il ne fallait surtout pas perdre ni laisser entre de mauvaises mains. Cette clé, d'après ce qu'il avait entendu, renfermait quelque chose de très dangereux.

Cette clé en fer forgé, dont j'avais oublié l'existence ! Elle semblait surgir du passé, comme un objet oublié dans les replis de ma mémoire. Je ne savais même plus où je l'avais mise, je me tournai vers lui pour lui poser une nouvelle question.

— *As-tu connu notre mère ?*

Il fixa l'horizon en me disant :

— *Le jour où elle était venue en pleurant. Elle avait imploré Joséphine de l'aider, et après que Joséphine eut passé un long moment avec ta mère, elle avait fini par accepter. Mais, j'ignore ce qui s'était dit.*

Mais qu'avait-elle accepté, exactement ? Quel était le secret que cette clé pouvait déverrouiller ? Encore des questions. Puis, juste avant de partir, il me conseilla de retourner en France, cette maison ne m'apporterait rien de bon, si ce n'est que des emmerdes, que je ne saurais même pas y faire face. Je lui ai demandé des explications, il m'a pris par le bras et m'a emmené derrière la maison.

J'ai été stupéfié par ce que j'ai appris, derrière la maison, pas très loin de la cabane à outils, il me montrât la petite maison pour oiseaux.

— Tu vois ça, c'est une maison à esprit. Joséphine l'honorait régulièrement avec des offrandes et des prières, pour se protéger de la chose qui est dans cette maison. Il a fallu que vous reveniez, que vous faites vos saloperies ici. Ne me prends pas pour un con gamin. Il se passe des choses en ce moment... Et c'est quelque chose à quoi je ne préférerais pas être confronté.

Me disait-il sur un ton colérique, tout me regardant droit dans les yeux, puis il est reparti à ces occupations.

Quelque chose me disait qu'il en savait beaucoup plus que ce qu'il en disait. Mais, c'est sur lui que je pourrais compter. Quant à ce simple abri à oiseaux, il se révélait en réalité être une maison à esprit. Pourquoi n'avions-nous pas été au courant ?

De nombreuses questions se bousculaient dans ma tête, mais je devais faire le tri dans tout cela. Pour l'instant, un autre mystère me préoccupait, un mystère plus personnel, celui de Sylvie. Qu'est-ce qui s'était passé cette nuit-là ?

Je rentrai à l'intérieur pour prendre mon téléphone afin de l'appeler, quand j'entendis sa sonnerie qui n'était pas très loin.

Elle était partie sans son téléphone, merde, je décidais de fouiller dedans pour en savoir un peu plus. Je commençais par la galerie photos, il n'y avait rien d'intéressant, si ce n'est que les photos du magasin et de ces potes.

Puis un autre dossier sur la soirée d'hier soir, ce que j'apercevais aux fils des photos me terrifiait. Au premier coup d'œil, je cherchais Sylvie sur les photos, mais à sa place, je la découvrais avec un visage flouté et un teint grisâtre qui semblait suer la mort. Mais, au fur et à mesure que je regardais ces clichés, le malaise commençait à s'insinuer. La silhouette que je voyais sur ces photos n'était pas humaine, ses contours étaient flous.

Ses yeux, si on pouvait appeler cela des yeux, c'étaient deux points noirs profonds qui me fixaient avec une intensité malveillante, comme s'ils me transperçaient l'âme. La peur s'intensifiait à la réalisation que ce que je voyais ressemblait étrangement à la chose dans mes cauchemars. Je devenais dingue, il y avait trop de choses d'un coup.

6 Une errance déterminée

Je pris le premier taxi venu pour me rendre à Saint-Gilles-les-Bains le matin même. La nuit du mercredi était encore confuse, mais je devais absolument voir Sylvie. Arrivé en centre-ville, je me rendis directement chez elle. Sa voiture était garée devant la maison et la porte de la maison n'était pas fermée.

À l'intérieur, tout était resté inchangé depuis notre départ de mercredi. Malgré mes appels, il n'y avait pas de réponse. Cependant, je savais qu'elle était passée par là, car j'avais vu les clés de sa voiture sur la table. Je me rendis ensuite au magasin où elle travaillait. Pourtant, je n'y trouvai que la gérante, ce qu'elle m'avoua me laissa perplexe :

— J'ai renvoyé cette personne lundi dans l'après-midi, son comportement était inacceptable, elle était désagréable avec les clients, je ne sais pas ce qui s'est passé dans sa vie personnelle, mais elle a complètement changée du jour au lendemain. » disait la gérante sur un ton déplaisant.

D'une part, j'apprenais que ma sœur avait été licenciée depuis lundi, sans que je sache réellement ce qu'elle faisait pendant ses heures de travail, et d'autre part, notre tante s'adonnait à des pratiques occultes. Dans cette situation complexe, il y avait une personne qui pouvait peut-être m'aider à comprendre, madame Jeanne.

J'ai cherché Sylvie partout dans la ville, mais personne ne l'avait vue. Les seuls signes qui indiquaient qu'elle était revenue chez elle étaient la présence de sa voiture. Malgré les accusations graves qu'elle avait portées, je devais la retrouver pour obtenir des explications plus précises. Je suis donc retourné chez elle et j'y ai passé la nuit.

Le vendredi matin, je savais que la journée allait être longue. J'avais deux objectifs en tête, rendre visite à madame Jeanne, qui, je l'espérais, me fournirait des informations plus précises que lors de notre dernière conversation, et ensuite me rendre à la gendarmerie. Mais, entre nous, je pensais que Sylvie allait débarquer à tout moment, en faisant un scandale. Cependant, c'était bien seul que je me réveillais.

Je me suis d'abord rendu à la gendarmerie la plus proche. J'y ai récupéré la photo encadrée qui était posée sur une étagère lors de l'ouverture du magasin. C'était la seule image disponible de ma sœur et de son téléphone que j'avais posé sur la table basse la veille.

J'espérais que les autorités pourraient m'aider, ou du moins, m'apporter des réponses sur sa disparition mystérieuse. Une fois à l'accueil de la gendarmerie, j'ai commencé à faire le signalement de ma sœur et à montrer le cadre photo. Lorsque l'agent avait vu la photo, il appela immédiatement son supérieur.

À ma grande surprise, il l'avait également reconnue. J'ai été longuement interrogé sur ma présence à La Réunion et sur les activités récentes de ma sœur. Je peinais à comprendre pourquoi la situation prenait cette tournure, mais j'ai réalisé que ma sœur était bel et bien passée par ici. Elle était en larmes, parlait toute seule et semblait désorientée. Elle est repartie sans rien dire, laissant les agents perplexes.

Après cette expérience déconcertante à la gendarmerie, j'ai repensé à la soirée et je n'ai aucun souvenir d'être allé dans la chambre de Sylvie.

Je suis convaincu que je devais retrouver cette madame Jeanne, elle seule pouvait m'aider à comprendre ce qui s'était passé. J'avais besoin de réponses et je voulais les obtenir le plus vite possible.

J'ai donc repris la voiture de Sylvie pour me rendre chez madame Jeanne, espérant qu'elle serait disponible pour m'aider à élucider ce mystère. Pendant que je prenais la route pour le Bernica, le doute que j'ai pu faire quelque chose d'aussi impitoyable à Sylvie me traversait l'esprit.

Okay, on avait un peu bu, mais pas à ce point-là ! Je me posais des questions, j'ai imaginé toutes les possibilités, mais je ne me rappelais pas que quelque chose de si grave ait pu se produire. En arrivant au Bernica, je vis madame Jeanne qui s'occupait de son jardin devant la grande bâtisse. Elle me regarda avec surprise et me demanda ce qui se passait. Je lui expliquai que j'avais besoin de son aide, car j'avais vécu d'étranges événements inquiétants que je souhaitais partager avec elle.

Elle m'invita à entrer sous la véranda et me proposa un rafraîchissement. Dès que j'eus fini de boire, elle me demanda la raison de ma visite. Mais, au lieu de lui donner une réponse claire, je m'aperçus que j'ignorais par où commencer.

Je décidai donc de tout lui balancer, depuis mes cauchemars jusqu'au changement d'humeur de Sylvie et aux découvertes étranges sur notre tante.

Le regard qu'elle posa sur moi me fit ressentir une profonde empathie, comme si elle partageait ma douleur. Elle prit une grande respiration, comme si les mots qu'elle s'apprêtait à prononcer étaient chargés de poids et de conséquences.

— Je pense qu'il faudrait que tu saches certaines choses, mon garçon. Me disait-elle avec beaucoup d'embarras pendant qu'elle se redressait dans son fauteuil.

Elle me confia que Joséphine et elle partageaient un intérêt pour des sujets qui sembleraient mystérieux ou incompréhensibles pour certaines personnes. Parfois, son frère nous aidait également dans certaines pratiques rituelles.

Les personnes qui venaient les consulter étaient souvent aux prises avec des cas de possession ou recherchaient simplement de l'attention, car elles se sentaient seules. Cependant, parmi ces visiteurs, il y avait aussi des cas authentiques, comme celui de la petite Marie de Saint-Denis. Certaines femmes venaient aussi pour des problèmes de fertilité.

Même si j'écoutais attentivement ce qu'elle me disait, les termes comme sorcellerie, esprit et les autres termes qu'elle utilisait se mélangeaient dans ma tête, au point où je me demandais dans quel monde je suis atterri ? Mais, elle était la seule personne qui pouvait m'aider à comprendre ce qui m'arrivait et peut-être même me retrouver Sylvie.

Soudain, cette conversation prit un autre sens, quand elle me livra des détails sur ma mère pendant qu'elle et Joséphine travaillaient sur sa conjuration.

— Quand je suis venu avec Joséphine pour l'aider au début des années quatre-vingt. L'état dans lequel était ta mère ! On savait d'avance que cette femme n'allait plus être la même si elle s'en sortait, et grand Dieu merci, nous avions réussi notre travail, C'est après que Joséphine vous a pris tous les deux sous son aile. Disait-elle.

Elle m'avait confié les détails inquiétants de l'état de santé de ma mère après ces longues séances de prières et d'acharnements. D'après elle, ma mère était complètement déboussolée, elle négligeait son hygiène personnelle et vivait dans une peur constante. Son comportement était erratique, elle parlait toute seule et semblait être aux prises avec des voix ou des visions que personne d'autre ne pouvait percevoir.

Je lui ai demandé pourquoi elle pensait que ma mère avait besoin de son aide, plutôt que de celle d'un médecin. Elle m'a répondu avec conviction.

— *Quand tu as déjà vu le mal une fois, tu le reconnais une deuxième fois.*

Sans vouloir mettre ces croyances en doute, je ne comprenais pas pourquoi ces deux femmes n'ont pas appelé les secours ! Mais bon, c'est une chose que je ne comprenais pas. Je lui ai également demandé ce qu'elle avait dit à Sylvie lors de leur dernière rencontre, car c'est à ce moment-là que l'attitude de Sylvie avait également commencé à changer.

— *Je lui ai demandé d'enlever son bracelet, lorsque je lui ai touché le bras, elle a commencé à parler d'une manière étrange, que je n'ai rien compris de ce qu'elle disait.* Me disait-elle.

Puis, un nom m'était revenu soudainement à l'esprit "Fazia". J'ai fouillé dans ma sacoche et j'ai trouvé sa carte que j'avais reçue dans une boutique à Saint-Gilles-les-Bains.

Je lui montrai et lui ai demandé si elle connaissait cette personne en question. Elle m'a répondu.

— Ne perd pas ton temps avec cette femme. Elle fait croire à tout le monde qu'elle est meilleure, mais meilleure en quoi ? Elle est connue comme le loup blanc à la Réunion. Disait-elle comme si elle avait déjà eu affaire à elle par le passé.

Malgré le peu de temps que j'ai passé chez elle, je n'ai pas pu obtenir d'indice concret sur l'endroit où Sylvie pourrait se trouver. Elle m'a raconté des histoires de sorcelleries qui, à mon avis, n'étaient que des contes fantastiques et qui ne m'ont pas apporté grand-chose pour retrouver Sylvie. Mais juste entre nous, j'étais content de partir de chez elle. Cette femme avait le don de mettre mal à l'aise.

En regardant la carte de visite de " Fazia ", je me suis dit que cela valait peut-être la peine d'essayer. J'ai appelé son numéro et elle a répondu personnellement. Sa voix était assurée et confiante. Elle m'a confirmé qu'elle était disponible pour répondre à mes questions sur ma famille.

Cependant, elle m'a aussi communiqué son tarif, qui était de 200 euros pour répondre à toutes mes questions. Même si j'avais trouvé son tarif un peu élevé, j'étais convaincu que cette femme avait des informations précieuses à partager avec moi. Après avoir obtenu quelques renseignements sur l'endroit où elle était, je me dirigeai vers un monde que je comprenais à peine.

Quelques minutes de route plus tard, je me trouvai devant une maison ordinaire, dépourvue de tout signe ostentatoire d'affiliation religieuse ou occulte. J'ai été accueilli par Fazia elle-même, une femme malgache d'une cinquantaine d'années, au charme envoûtant.

Elle m'invita à entrer sous sa véranda et me proposa un café. Alors que je m'installais dans un grand fauteuil face à elle, Fazia alluma une cigarette, son regard confiant croisant le mien. Sans se soucier de savoir si la fumée pouvait me déranger, elle expira la première bouffée en ma direction et demanda d'une voix assurée :

— *Alors, qu'est-ce qui vous amène ici ?*

J'ai senti une force tranquille émaner d'elle, comme si elle était en parfaite maîtrise de la situation.

Le goût amer du carambole.

Je me suis redressé en la regardant, je déposai la tasse que j'avais dans les mains sur la table qui nous séparait et je lui ai dit :

— *Je suis Lucien Fatol, ma sœur et moi avions été élevés par Joséphine Grondin qui est décédée, il n'y a pas si longtemps. Votre nom est apparu dans mes recherches ces derniers temps, mais pas en bien.*
Elle me lança un regard prolongé, puis tira une autre bouffée de sa cigarette. Elle me confirma qu'elle connaissait bien Joséphine, avec qui elle avait déjà travaillé par le passé.

Cependant, elle ajouta qu'elles avaient un sacré caractère et que, professionnellement, elle savait ce qu'elle faisait. Elle me présenta ensuite ses condoléances pour la mort tragique de ma tante.
 Fazia décrivit l'autre femme qui aidait Joséphine comme une personne aigrie et solitaire et un peu fourbe.

Je lui demandai si elle s'appelait Jeanne, et elle me regarda en souriant. J'ai compris immédiatement que c'était cette fameuse Jeanne.

Puis, je lui montrai la photo de Sylvie, me demandant si, par hasard, elle l'avait vue. Fazia me répondit :

— C'est elle, ta sœur (elle sourit), *une belle femme. Oui, elle est venue me voir quelques fois pour lui tirer les cartes sur son avenir professionnel, mais ces derniers temps, elle n'était plus elle-même. C'est comme si elle avait une personnalité différente, elle était plus craintive.*

Elle m'avoua aussi, lui avoir donné un bracelet dans le magasin dans lequel elle travaillait, que c'était juste un bracelet de tout ce qu'il y avait de plus ordinaire, mais ce bracelet avait calmé ces craintes. Intrigué, je lui demandai comment ce bracelet pouvait calmer ma sœur et de quoi elle avait peur.

Fazia me répondit qu'elle était là pour aider les gens à travers leurs croyances. Si cela pouvait les aider à se sentir mieux, elle croyait en ce qu'ils croyaient. Selon elle, il n'y avait aucun mal à cela, c'était simplement de la psychologie, pas une forme de spiritisme.
Ensuite, elle m'a demandé des nouvelles de ma sœur, et je lui ai avoué qu'elle avait disparu après une dispute que nous avions eue.

Elle me pressa de lui dire ce qui avait déclenché la dispute, et je lui ai dit la vérité :

— *On avait organisé une soirée pour célébrer notre nouvelle maison héritée, mais la soirée avait dégénéré et le lendemain, elle m'avait menacé avec un couteau, m'accusant d'avoir abusé d'elle sexuellement.*

— *Est-ce le cas ?* me demanda-t-elle en soufflant sa fumée à la figure.

Je lui expliquai que nous avions un peu trop bu, ce qui avait peut-être influencé nos comportements, mais je ne pensais pas que cela aurait pu aller aussi loin, c'est ma sœur quoi ! Je ne me rappelais pas avoir eu un rapport avec elle ! Et c'était horrible comme accusation. Elle me demanda ensuite de parler de ma mère, tout en allumant une nouvelle cigarette.

Je lui racontai que nous n'avions jamais vraiment connu notre mère, et que notre tante était la seule personne qui avait pu la voir à l'hôpital.

— *Comment s'appelle-t-elle ?* Me demandait-elle, en me rejetant une autre bouffée de sa cigarette au visage encore une fois.

— *Son nom est Lucienne, Lucienne Fatol.*

Elle fronça les sourcils en entendant le nom de ma mère, comme si elle était choquée. Elle me demanda ensuite mon âge, et je lui répondis que j'avais quarante-quatre ans. Elle me regarda d'une façon étrange, comme si elle me connaissait depuis longtemps, tout en me disant :

— *Mon cher monsieur, je crains fort de ne pas être sûr de ce que je vais vous dire. Cependant, je vous demanderais de chercher de votre côté tous les drames qu'il y avait eus dans les années mille neuf cent quatre-vingts à quatre-vingt-trois environ, si ma mémoire est encore bonne, une certaine madame Fatol avait fait les gros titres des journaux. Quant à ta sœur... Je souhaite... Que les autorités la retrouvent.* M'annonça-t-elle avec de l'hésitation.

Je me redressai et m'appuyai contre le fauteuil. J'avais encore des réponses à obtenir, le puzzle n'était pas complet. Je sortis le téléphone de Sylvie de ma sacoche, pour montrer en premier les symboles que j'avais découverts chez madame Jeanne.

Elle me répondit que c'était le symbole d'une lwa, une entité divine du vaudou, pour être plus précise. Ensuite, elle m'expliqua que fut un temps le vaudou était à la mode à la Réunion. Tout le monde faisait du vaudou, mais beaucoup avaient payé le prix fort à cause de leurs incompétences. Ils avaient aussi préféré le mettre de côté, mais elle ne tarissait pas d'éloges en ce qui concernait les compétences de madame Jeanne.

Je repris le téléphone et ouvris directement la galerie de photos de notre soirée. Sans même regarder les images, je le tendis à Fazia, espérant obtenir des réponses concrètes. Puisque les photos ne montraient pas ma sœur, j'attendais avec impatience sa réaction. Fazia fit défiler les photos une à une, mais ne réagit pas. Elle me demanda si elle pouvait voir les autres photos, et je lui donnai mon accord sans poser de questions. Lorsqu'elle eut terminé, elle me regarda en me disant qu'elle ne comprenait pas ce que je voulais montrer avec ces photos. Je lui expliquai que ce n'était pas Sylvie sur les photos, mais autre chose.

Mais, à mon grand étonnement, les photos que Fazia me montra ensuite n'étaient pas celles que j'avais examinées attentivement. Je ne comprenais plus rien. C'était bien moi en compagnie de Sylvie. Je jurais avoir vu une femme à la peau grisâtre avec des yeux noirs. Comment était-ce possible ?

Face à cette incompréhension, je décidai de mettre fin à notre conversation. Je me retrouvai à nouveau seul, plongé dans l'incertitude.

J'ai sorti une enveloppe avec la somme à l'intérieur et posa sur la table, Fazia refusa l'enveloppe en me disant qu'elle ne m'avait faite aucune prestation, elle avait juste répondu à quelques questions et me conseilla fortement d'effectuer cette recherche sur ce drame qu'il y a eu dans les années quatre-vingt. C'est avec une grande solitude que je repris la route pour Saint-Gilles-les-Bains.

Je me rendis directement chez Sylvie, mais je n'étais pas surpris de ne pas la trouver là. Cela signifiait que quelque chose de grave s'était produit, mais où pouvait-elle bien être ? Tout cela ne collait pas. Elle venait de perdre son emploi, était venue à la gendarmerie puis repartie aussitôt ! Pourquoi ?

Toutes ces questions tournaient dans ma tête, sans compter l'accusation qui pesait sur moi. Avais-je vraiment commis cet acte ? Je n'en avais aucun souvenir, mais le doute était bel et bien là. Pour chasser ces pensées, je décidai de me promener sur la plage. Peut-être que la beauté de la nature et le mysticisme qui imprègne l'île de la Réunion m'aideraient à trouver des réponses.

Sur la plage, au coucher du soleil, je tombai sur un groupe de personnes qui jouaient du Maloya.
La musique m'apporta un peu de réconfort, je décidai de passer la soirée avec eux. On s'était vite sympathisé et je me laissai porter par la musique et l'ambiance. Avec eux, c'étaient bières et zamal à volonté. Bien plus tard, je ne sais pas si c'était le mélange des deux, mais je me sentais bien, loin de tout.

Dans cette assemblée de musiciens, une femme se démarquait des autres. Une belle cafrine, aux courbes voluptueuses, qui captait mon regard dès le premier instant. La conversation entre nous prit rapidement une tournure sensuelle, nos gestes se teintant d'une promesse érotique.

Nous, nous sommes éloignés du groupe, aspirant à la solitude qui nous permettrait de nous abandonner à nos désirs. La soirée fut une valse de caresses, les étoiles éclatantes témoins de nos étreintes brûlantes, tandis que les soupirs de plaisir s'élevaient dans la nuit, formant une symphonie de volupté qui nous enivrait.

Nos corps s'entremêlaient, nos peaux frôlant, nos lèvres cherchant les siennes, nous nous perdions dans un océan de sensations, laissant les étoiles scintiller comme des diamants au-dessus de nous, témoins muets de notre passion.

Le lendemain matin, je me réveillai au petit jour, allongé sur le sable, au son des vagues. Le décor et le souvenir de la soirée précédente me faisaient espérer un samedi ensoleillé et léger.

Je rassemblai mes affaires et cherchai la femme avec qui j'avais passé une soirée inoubliable, mais elle avait disparu, ainsi que les autres personnes qui étaient présentes. Je décidai de rentrer chez moi pour prendre une douche.

Lorsque j'arrivai chez Sylvie, je constatai que rien n'avait changé, ce qui signifiait qu'elle était toujours portée disparue. Ce retour à la réalité me fit sombrer dans la tristesse. Le contraste entre la légèreté de la soirée et la dure réalité était brutal. Je pris ma douche et entrepris de ranger un peu l'appartement de Sylvie, essayant de trouver un peu de normalité dans cette situation chaotique.

Soudain, à dix heures vingt, j'entendis des coups frappés à la porte. Mon cœur bondit de joie, je me disais " C'est elle ! Elle est de retour !" Je me précipitai pour ouvrir la porte, un large sourire sur le visage, prêt à accueillir ma sœur avec un grand élan de tendresse et de soulagement... Quand j'entendis :

Le goût amer du carambole.

— *Gendarmerie, une enquête a été officiellement ouverte au sujet de la disparition de Sylvie Fatol, veuillez nous suivre au poste.*

7 Un accusé innocent

Me voici, le cœur battant, devant la gendarmerie en ce samedi fatidique du vingt-cinq mars. Le soleil brillait avec intensité, comme pour accentuer la gravité de la situation. Face à moi, se tenaient deux agents de la loi, leur regard était sévère et impénétrable.

L'atmosphère présentait une tension palpable, comme si l'air lui-même retenait son souffle en attendant le déroulement des événements. Mes mains tremblaient légèrement alors que je me tenais là, consciente de la gravité de ce qui allait suivre. Ces agents étaient imperturbables, semblaient incarner la force inflexible de la justice. Leur présence imposante et leur uniforme impeccable contrastaient fortement avec mon agitation intérieure.

Le silence qui régnait était presque assourdissant, chaque seconde paraissait une éternité. Je pouvais sentir les regards pesants des agents sur moi, comme s'ils pouvaient lire dans mon âme. Dans mon esprit, les scénarios se créaient à une vitesse folle, revivant les événements passés à me demander ce que je faisais ici.

Les agents, sans un mot, me fixaient, attendant ma prochaine action. Leur attitude stoïque, s'ajoutait à la solennité de la scène.

Je savais que mes paroles et mes gestes allaient entraîner des conséquences, et cet instant, qui était chargé d'une tension dramatique, marqua le début d'un chapitre décisif de ma vie.

J'étais assis dans cette pièce face à eux, le cœur lourd et l'esprit tourmenté. L'enquête sur la disparition de ma sœur, Sylvie, avait pris une tournure inattendue et bouleversante. J'étais là pour fournir des informations supplémentaires et c'était à ce moment-là, dans ce lieu impersonnel et froid, que j'apprenais la vérité sur ma sœur. Le gendarme qui commençait à me poser des questions était un homme d'une quarantaine d'années, le visage grave. Il posa devant moi un dossier épais, en me demandant si je connaissais une certaine Camille Payet. Sur le moment, son nom ne me disait rien du tout :

— *Monsieur Fatol, nous avons découvert de nouveaux éléments concernant votre sœur. Il semblerait qu'elle entretenait une relation intime avec une certaine Camille Payet.* Dit-il en me regardant droit dans les yeux.

Une relation amoureuse... Avec une femme ! Je restai bouche bée, incapable de prononcer un mot. Comment avais-je pu être si aveugle ? Moi qui croyais que nous étions proches, que nous nous disions tout, et voilà que je découvrais que ma sœur avait une vie entière que je ne connaissais pas.

J'avais l'impression que tout ce que je croyais connaître d'elle s'effondrait en un éclair. Je me frottai les tempes, comme si cela pouvait me permettre de voir les choses plus clairement.

— Comment est-ce possible qu'elle m'ait caché une chose pareille ? Nous étions proches, elle me confiait tout.
Demandais-je à l'agent avec la voix remplie d'émotion.

Il hocha la tête avec compassion, en me disant que les relations familiales pouvaient être complexes et que parfois des secrets soient gardés, même au sein des familles les plus unies. Je me sentais soudainement perdu, je découvrais que je ne connaissais pas ma sœur face à ces révélations.

Mais, pourquoi elle ne m'avait rien dit ! L'agent m'expliquait que sûrement, Sylvie avait une certaine crainte pour partager un tel secret.

J'avais du mal à accepter cette nouvelle au vu des conditions.

— *Malheureusement, Monsieur Fatol, les enquêtes de ce type révèlent souvent des secrets et des facettes cachées. Notre rôle est de déterrer la vérité, même si elle est parfois surprenante.* Me disait-il en regardant le dossier.

Je restais silencieux tout en absorbant ces mots. Je me sentais trahi, mais tout aussi curieux de découvrir qui était vraiment cette sœur que je ne connaissais pas, mais surtout, où était-elle maintenant ?

Le gendarme ouvrit le dossier qui était devant lui, en me disant que ce cas était bien compliqué. Il me demandait à qui appartenait la maison à Fleurimont.

J'ai dû lui dire que je suis arrivé le dix-sept mars pour le décès de notre tante qui s'appelait Joséphine Grondin et tout le baratin sur la maison en héritage. À cet instant, l'agent changeait de posture et prit un ton plus ferme en me disant qu'il y avait une plainte déposée contre Joséphine pour abus de confiance un peu avant son décès.

Une plainte contre ma tante ! J'étais affaibli par ce que j'entendais. Je m'appuyai contre le dossier de la chaise, essayant de digérer quelque chose de bien plus lourd que tout ce que j'avais entendu auparavant. J'espérais désespérément qu'il n'y aurait pas d'autres révélations choquantes, mais mon souhait ne fut pas exaucé. L'enquêteur poursuivit en expliquant qu'une équipe avait mené une enquête de voisinage et que les résultats étaient accablants.

Il s'avérait que nous avions fait beaucoup de bruit jusqu'à deux heures du matin, au point que les voisins avaient entendu des cris et des objets être lancés contre les murs.

La situation était si intense que même ma sœur avait été entendue en train de hurler *« Arrête »* et certains voisins ont déposé plainte pour tapage nocturne. Le poids de ces mots me frappa de plein fouet, je devenais seul au monde. Je ne trouvais pas les mots pour me défendre face à ces accusations accablantes.

Mon esprit était englouti dans un océan de confusion et de choc. La situation dégénérait à une vitesse alarmante, et je sentais que le pire était encore à venir. Et, puis, l'enquêteur prononçait les mots qui m'ont laissé sans voix, "Vous êtes mis en garde à vue".

Les syllabes résonnaient dans ma tête comme un écho sinistre. Je me sentais soudainement prisonnier de ma propre réalité, les murs se refermant sur moi comme un piège. La justice me tombait dessus comme un couperet, me laissant sans défense et désorienté.

Le dimanche vingt-six mars, un autre enquêteur, un peu plus âgé au regard froid, entra dans la pièce. Il portait un dossier épais sous le bras. Il prit une chaise et s'installa devant les barreaux de la cellule.

Je regardais attentivement la moindre de ces réactions, en croyant qu'il voulait me donner une bonne nouvelle.

— *Bonjour monsieur Fatol, j'aurais quelques questions à vous poser, afin d'éclaircir certains points. Qui est Lucienne Fatol pour vous ?* Disait l'enquêteur d'une voix grave.

Le simple fait d'entendre le nom de ma mère me fit sursauter. Que venait-elle faire dans cette enquête ? Qu'est-ce qu'on allait me révéler ?

Je n'en savais rien, mais c'était étrange d'entendre son nom. Déjà que je n'étais pas tranquille entre ces murs froids et bruts, voilà qu'on me demande de parler de quelqu'un que je ne connaissais pas.

— Qu'est-ce qu'elle a à voir avec tout ça ? Demandais-je avec un stress qui trahissait mon état d'esprit.

L'enquêteur resta muet pendant un long moment, son regard fixé sur moi avec une intensité qui me faisait sentir mal à l'aise. Son silence était si pesant que je finis par avouer, *"C'est notre mère"*. L'enquêteur nota quelques notes sur une feuille qu'il sortit du dossier, puis il me demanda de décrire la soirée, son regard toujours fixé sur moi avec une intensité qui me faisait sentir comme un suspect.

— Je... j'ignore ce que vous avez trouvé... Mais, c'était juste une soirée entre ma sœur et moi. On avait beaucoup bu, on était tous les deux complètement bourrés... Et, on a pris chacun une chambre pour dormir. C'est... C'est tout.

Le répondant tout en me demandant si j'avais vraiment fait quelque chose de mal.

Il continua à me poser des questions, creusant dans le passé de Joséphine et de la relation que j'avais avec ma sœur. Chaque question était comme des coups. Comme s'il prenait son pied en me torturant l'esprit.

La garde à vue était un poids qui me pesait sur la poitrine, me remplissait de doutes et de questions sans réponse.

Qui était vraiment Joséphine ? Et cette chose qui me hantait les nuits, était-ce qu'elle existait réellement ? Je me demandais si j'avais perdu la tête, si mes souvenirs étaient fiables.
Cette garde à vue était un piège qui me rendait fou. L'enquêteur se dirigeait vers la porte, prêt à partir, lorsque je me suis avancé, suppliant qu'il m'accorde un dernier service. Il s'arrêta, me regardant avec une once de curiosité.

— *Qu'est-ce que c'est, monsieur Fatol ?* demanda-t-il, l'air impatient.

J'étais agrippé aux barreaux et déterminé à obtenir des réponses.
— *Je voudrais savoir si vous avez des informations sur ma mère.* Demandais-je.

L'enquêteur me jeta un regard intrigué.
— *Votre mère ! De quoi parlez-vous exactement ? Me demandait-il,* sur un ton agacé, mais je devais savoir.

— *Ma mère a été internée dans une clinique psychiatrique il y a des années. J'aimerais savoir ce qui lui est arrivé. S'il vous plaît.*

Il se rassit à nouveau, tout en me fixant. Il prit une grande respiration, en me demandant si c'était vraiment ce que je voulais savoir, car ce qu'il s'apprêtait à me révéler pouvait être lourd de conséquences, de toute façon au vu des circonstances, ça ne risquait pas de changer grand-chose. Il resta silencieux bien cinq minutes, puis se releva.

— *Je vous donne ma parole, monsieur Fatol, que je répondrais à votre requête, mais il me manque encore quelques détails à cette enquête. Pour l'instant, je n'ai pas le droit de vous divulguer quoi que ce soit.* Me répondait-il en mettant fin à cette interrogation.

Me voici encore dans cette putain de cellule, seul, tourmenté, et complètement déchiré. Chaque heure qui passait était une torture supplémentaire, un poids qui me pesait sur mes épaules, me faisait sentir comme si j'allais craquer sous la pression. Je ne pouvais pas m'empêcher de me demander ce qui se passait à l'extérieur, pendant que j'étais enfermé ici. Je me sentais comme un animal en cage, sans issue, sans perspective d'évasion.

Le goût amer du carambole.

L'enquête sur la disparition de ma sœur était en cours, mais je n'avais aucune idée de ce que les gendarmes avaient découvert. Avaient-ils trouvé des indices qui pourraient mener à la vérité ? Avaient-ils des suspects en ligne de mire ? Ou peut-être juste une piste sans issue ? Des interrogations se succédaient sans arrêt dans ma tête, me laissant dans un état d'anxiété perpétuel.

Je me demandais si un jour, je connaîtrais la vérité sur la disparition de ma sœur. Était-ce un accident, un crime, ou quelque chose de plus sinistre ?
J'étais impatient de quitter cet endroit, de retrouver ma liberté et de découvrir ce que l'enquête avait révélé. Mais pour l'instant, je devais endurer cette attente interminable, torturé par les incertitudes et les questions sans réponse. Étais-je sur le point de découvrir la vérité, ou allais-je rester dans l'ignorance éternelle ?

Lundi vingt-sept mars, je n'ai pas pu fermer l'œil de la nuit. Les minutes passaient avec une lenteur étouffante. Enfermé dans la cellule de la gendarmerie, je me sentais gagné par une angoisse grandissante. Le mutisme des gendarmes était pesant. Je savais qu'ils rédigeaient leur rapport, mais pourquoi ce silence ? Et si le pire s'était produit ? Je me demandais ce que ce foutu rapport pouvait contenir.

Peut-être qu'ils avaient trouvé de nouveaux indices sur la disparition de ma sœur ? Ou alors, mieux, qu'ils avaient des suspects ? Ou probablement qu'ils avaient découvert autre chose qu'ils ne pouvaient pas que me dire. L'incertitude me rongeait de l'intérieur.

Je me rappelais des regards suspicieux de ces enquêteurs, de leurs questions insistantes. Sûrement, ils avaient des doutes sur moi ? Mon cœur battait la chamade, la transpiration perlait sur mon front. Je me sentais piégé, j'avais l'impression de devenir fou, sans défense face à ce qui pouvait se préparer.

Du fond de ma cellule, je pouvais les voir. Ils se levaient, faisant des allers-retours qui me tapaient sur les nerfs dans cette cage. Mon regard anxieux parcourait les moindres recoins, cherchant des réponses dans les expressions impassibles de ces agents. J'étais là, comme un rat, impuissant face à cette attente insoutenable.

Seize heures. L'un des gendarmes qui m'avait interrogé m'annonçait la fin de sa garde à vue. Après avoir passé au peigne fin tout leur rapport, il n'y avait aucune preuve tangible me reliant à la disparition de Sylvie. Moi qui avais tant d'espoir qu'ils trouvent une piste.

L'agent qui m'avait donné sa parole pour que je sache un peu plus sur le passé de ma mère était absent. De toute façon, j'étais libre.

Je quittai le poste de gendarmerie, l'air absent, mon esprit encore embrumé par les événements des derniers jours. Je me sentais soulagé d'être libéré, mais en même temps, mon anxiété persistait. Je n'avais pas de réponses aux questions que je me posais sur ma mère, ma tante Joséphine, et le mystère entourant la disparition de ma sœur restait entier.

J'étais désarmé face à cette situation et à l'inconnu qui l'entourait. Je lançai un dernier coup d'œil au bâtiment de la gendarmerie, les souvenirs des interrogatoires et de la garde à vue demeuraient encore vifs dans ma mémoire.

8 Une vérité cachée

J'étais libéré de cette cage, mais j'étais aussi envahi par un mélange d'émotions contradictoires. D'un côté, j'avais le soulagement que les gendarmes n'aient rien trouvé pour m'incriminer dans la disparition de ma sœur. Mais d'un autre côté, le doute et l'inquiétude me rongeaient de plus en plus. Je ne pouvais pas m'empêcher de me demander si j'avais vraiment fait une chose aussi horrible à Sylvie avant qu'elle ne disparaisse.

À cet instant, j'avais ajouté un nouveau nom à la liste des personnes que je devais rencontrer pour comprendre ce qui s'était passé avant la disparition de ma sœur, Camille Payet, la petite amie de Sylvie. Je peinais encore à comprendre la nature de leur relation amoureuse, car d'après ce que je savais sur Sylvie, elle était plutôt attirée par les hommes... À moins qu'elle ne m'ait caché son attirance pour les femmes depuis longtemps.

Tout juste sortie, je voulais m'assurer que tous mes effets personnels m'avaient bien été rendus. J'ouvris lentement ma sacoche, fouillant à l'intérieur avec précaution. Chaque objet que je retrouvais intact était un soulagement.

Mon regard tomba sur le téléphone de Sylvie. Il était là, intact, comme si elle l'avait laissé là intentionnellement. J'allumais, il y avait plusieurs appels en l'absence du même numéro. Le nom enregistré était *"Bébé"*. Cela ne me laissait aucun doute dans mon esprit, c'était probablement Camille, sa petite amie.

Une vague de tristesse m'envahit alors que je prenais conscience que Sylvie avait une partie de sa vie que je ne connaissais pas, une partie qu'elle m'avait tenue à l'écart. Je me posais des questions sur les raisons qui l'avaient poussée à garder cette relation secrète. Avait-elle craint ma réaction ? Où était-ce simplement une partie de son existence qu'elle préférait préserver de l'intimité ?

Sur un coup de tête, j'ai décidé de la joindre par téléphone. Quelques sonneries plus tard, j'ai entendu une voix douce et reconnaissante qu'elle soit appelée, mais ce soulagement n'a duré qu'un instant avant d'être remplacé par une déception évidente lorsqu'elle a réalisé que c'était moi qui l'appelais.

Étant donné les circonstances, j'étais moi-même un peu gêné. Je me suis présenté et lui ai expliqué la situation. Elle m'a demandé si nous pouvions nous rencontrer rapidement aujourd'hui, car elle souhaitait également comprendre ce qui s'était passé.

Je lui ai donné rendez-vous dans environ deux heures à l'aquarium, le temps pour moi de me rafraîchir et de me préparer.

Quelques heures plus tard, je me garais avec la voiture de Sylvie, sur le parking à côté de l'aquarium. Il n'y avait qu'une seule femme, une cafrine très ravissante avec de très belles courbes, je me dirigeais vers elle.

— Camille, Camille Payet ?

Elle se retourna et me salua d'un geste léger de la main, après quelques phrases de présentation sans importance. Nous étions tous deux pris au dépourvu par cette rencontre inattendue. Camille me raconta que Sylvie était ravie de mon retour à la Réunion, mais qu'elle était également terrifiée à l'idée de récupérer la maison de Fleurimont. Elle avait de sombres pressentiments angoissants qu'elle ne parvenait pas à expliquer et craignait que quelque chose de terrible ne se produise.

Les révélations de Camille me plongeaient dans un vortex de pensées confuses et irrationnelles. Entre les activités mystérieuses de Joséphine, l'entité qui hantait mes cauchemars et l'enquête sur la disparition de Sylvie, ma raison était mise à l'épreuve.

Mais ce qui me laissa le plus perplexe, c'était la révélation de Camille concernant la boîte de médicaments. Elle avait découvert une boîte de pilules encore scellée, ce qui suggérait que Sylvie avait peut-être volontairement arrêté son traitement.

— *Quelle pilule ? Quel traitement ?* Demandais-je sur un ton très étonné.

— *Je vois que tu n'es pas au courant de tout. Je travaille pour une entreprise de VSL, et c'est moi qui conduisais Sylvie à Saint-Paul pour ses séances de traitement. Voici comment nous nous sommes rencontrés, et nous étions ensemble depuis sept mois.* Disait-elle.

Les discussions avec Camille m'ont permis de mieux comprendre la maladie de Sylvie. Mais plus j'en apprenais, plus je me sentais dépassé par les événements.

Je venais de découvrir que ma sœur souffrait de schizophrénie, et je me sentais coupable de ne pas avoir été plus présent pour elle, de ne pas avoir su voir les signes avant qu'il ne soit trop tard.

Je me posais des questions sur la vie quotidienne de Sylvie, sur la manière dont elle gérait cette maladie qui la dévorait.

Je me sentais désarmé face à la douleur et à la détresse qu'elle devait affronter. Mon esprit était en ébullition, essayant d'assimiler cette révélation.

Je me demandais si la schizophrénie était la clé pour comprendre les événements bizarres qui s'étaient produits récemment, si elle expliquait les comportements étranges que j'avais observés.

Camille me parlait de ma sœur avec les yeux de l'amour, avec une tendresse et une admiration qui me touchaient profondément. Elle me décrivait Sylvie comme une femme rayonnante, pleine de joie et de vie, dont le sourire pouvait illuminer une pièce entière. Et, avec un sourire mélancolique, elle ajoutait « Quand elle prenait son traitement, elle était incroyable... elle était elle-même, libre et lumineuse, et c'était comme si rien ne pouvait l'arrêter. »

Après avoir parlé ouvertement de tout ce qui s'était passé, nous nous sommes séparés, chacun cherchant à se retrouver lui-même. Moi, j'ai cherché à me libérer un peu de la tension qui m'habitait. En chemin vers la maison de Sylvie, j'ai fait un détour pour acheter quelques bières et une pizza, espérant trouver un peu de réconfort dans les petits plaisirs de la vie. Une fois arrivé, je me suis effondré sur le canapé, ouvrant une bière pour apaiser mon esprit tourmenté par les révélations de la journée.

La fatigue accumulée pendant ma garde à vue a fini par me rattraper, et j'ai laissé mon corps se détendre, abandonnant toute résistance.
J'ai laissé le sommeil m'emporter, espérant qu'il m'apporterait un peu de paix et de clarté dans ce chaos émotionnel qui m'entourait.

Mardi vingt-huit mars, je me suis réveillé à huit heures, rafraîchi par une bonne nuit de sommeil. Pendant que je préparais un café, le téléphone de Sylvie avait sonné. Le numéro de l'appelant n'était pas enregistré, mais j'ai répondu. C'était le notaire.

Après tout ce que j'avais entendu récemment, son appel n'était pas pour prendre des nouvelles. En réalité, c'était pour régler les frais de succession de la maison de Fleurimont. J'étais très gêné, car je pensais que Sylvie s'en était déjà chargée, comme elle me l'avait dit. Mais à mon grand désarroi, le gouffre de mon désespoir ne cessait de s'agrandir. Me sentant de plus en plus prisonnier de cette horreur, j'ai dû lui raconter un bobard pour mettre fin à la discussion.

Après cet appel, je me suis senti complètement perdu et dépassé. La demande du notaire concernant les frais de succession a été un nouveau souci qui s'est ajouté à ma liste de préoccupations. Je me suis retrouvé confronté à des responsabilités financières imprévues qui m'ont laissé sans voix. Mon esprit était en proie à des scénarios angoissants, comme si j'étais piégé dans un labyrinthe émotionnel qui m'empêchait de trouver une issue.
Malgré tout, il me restait encore une personne à voir, ma mère. Mais une angoisse sourde me tenaillait, me laissant présager le pire.

Et si cette rencontre était la clé pour débloquer les secrets de cette famille dans laquelle tout le monde semblait cacher quelque chose, mais où personne n'osait en parler ? La perspective de cette conversation me mettait les nerfs à vif.

Alors que j'allais me préparer pour partir, un coup frappé à la porte me fit sursauter. Mon cœur se mit à battre la chamade. Qui pouvait bien se permettre de venir me déranger à une heure pareille ?

Je m'approchai de la porte avec appréhension, le cœur au bord des lèvres. Lorsque j'ouvris, je fus confronté au gendarme qui m'avait interrogé un dimanche. Mon cœur s'arrêta net.

— *Bonjour, monsieur Fatol, Il est étonnant de vous trouver ici. Je suis venu en personne, vous informez que nous avons de nouveaux éléments sur cette affaire de disparition qui, je dois dire, commence à prendre des allures de véritable énigme. Des éléments qui, peut-être, vous concernent plus que vous ne le pensez.*

Me répondait-il avec un ton accusateur, comme si j'étais le principal suspect de l'enlèvement de ma sœur.

— *Entrer, tant à faire !* Que je disais sur un ton qui me soulait un peu.

— *Nous avons interrogé les deux personnes qui ont porté plainte pour tapage nocturne très tôt le samedi matin. Elles sont catégoriques : elles ont clairement entendu "Arrête, ne fais pas ça" et, peu de temps après, la même femme criait "Je vais te tuer, connard". Les deux témoins étaient certains que ces cris venaient de là où vous étiez, dans la maison à Fleurimont.*

Disait l'agent en me fixant droit dans les yeux.

C'était impossible, j'avais beau lui répéter les mêmes mots que j'avais prononcés au poste, nous étions ivres, oui. Nous avions aussi peut-être fait un peu trop de bruit, mais je n'avais rien fait à ma sœur. J'ai tenté de lui expliquer que ma sœur avait arrêté son traitement, mais il semblait avoir déjà pris sa décision. Ses yeux étaient fermés, son esprit était déjà fait, il ne voulait pas entendre la vérité. Il avait déjà jugé, condamné et exécuté, sans même m'écouter.

— *Nous sommes au courant de son traitement, monsieur Fatol, mais ce qui est certain, c'est que les événements de cette soirée-là sont troublants. Elle a crié « arrête », elle vous a supplié, elle vous a même menacé de vous tuer... Et puis, elle a disparu. C'est une coïncidence un peu trop étrange, n'est-ce pas, monsieur Fatol ?* Disait-il en parcourant la pièce du regard, comme s'il cherchait à trouver des réponses dans les murs.

Je n'en croyais pas mes oreilles. Il osait me soupçonner d'avoir tué Sylvie ? C'était une accusation ridicule, une absurdité totale. Je refusais de croire que les choses en étaient arrivées là. Il se dirigea vers la porte, prêt à partir, mais juste avant de disparaître de ma vue, il se retourna et me lança un regard glacial en me disant :

— *Sa disparition vous arrange, monsieur Fatol, mais croyez-moi, je continue mes investigations.* Disait-il comme s'il était sûr de lui, en fermant la porte derrière lui.

Comment pouvait-il m'accuser de ça ? J'étais exaspéré par ces accusations infondées. Je n'ai rien fait de tel ! Je ne pouvais pas rester là, à ruminer ces événements. C'était tout ce qu'ils avaient comme preuves ? C'était ridicule ! Agacé, j'ai pris la voiture et me suis dirigé vers Saint-Paul, où se trouvait la maison de repos de ma mère, à la recherche de réponses.

Sur la route de Saint-Paul, mes pensées dérivèrent vers une discussion que j'avais eue avec Sylvie quelque temps avant sa disparition. Malheureusement, ce souvenir n'était pas agréable pour elle.

Sylvie s'était fait traiter de "damnée" et une chaise lui avait même été lancée. Les soignants de l'époque avaient dû immobiliser notre mère pour la calmer.

J'espérais que si elle me voyait, elle n'aurait pas le même comportement. Je craignais que la maladie de ma mère ne l'ait pas seulement rendue violente envers moi, mais aussi envers d'autres personnes. Comment cela faisait-il que seule notre défunte tante Joséphine pouvait lui rendre visite régulièrement ?

En arrivant devant l'établissement, j'ai été frappé par l'atmosphère accueillante qui y régnait. L'endroit ressemblait à un hôtel, avec un jardin immense et soigneusement entretenu. Lorsque je me suis présenté à la réception, la secrétaire était avec l'un des médecins de garde qui me saluait.

Après m'être présenté et donner la raison de ma visite, le médecin m'informa que ma mère avait été mise sous calmants et attachée, car elle avait tenté de mettre fin à ses jours.

Elle ne cessait de répéter qu'elle était "revenue" et parlait aussi d'une odeur de brûlé. Le médecin me regarda avec compassion, conscient de la difficulté de la situation.

J'étais stupéfait par ce que je venais d'entendre. Une odeur de brûlé. Un frisson me parcourut le corps, alors qu'un souvenir lointain me revenait en mémoire. L'odeur de brûlé, je l'avais déjà sentie, mais uniquement dans mes cauchemars, où je voyais cette chose effroyable. La dernière fois que j'avais fait ce cauchemar, c'était juste après que Sylvie m'avait menacée avec un couteau.

Et maintenant, cette odeur de brûlé resurgissait... Était-ce lié à cette maison à esprit dont m'avait parlé mon oncle, ou à une autre entité qui en avait après nous ? Je n'avais aucune idée.
Mon esprit commençait à faire des liens entre ces événements sans rapport apparent, mais je devais rester réaliste et ne pas me laisser emporter par ces histoires. La vérité, c'est que ma mère est malade, point final.

Je demandai au médecin si je pouvais rendre visite à ma mère. Il me prévint que son état psychologique était précaire, qu'elle était perdue dans son propre univers, mais il insista particulièrement sur le fait qu'elle était sous surveillance étroite et qu'un infirmier serait présent en cas de besoin.

Lorsque je pénétrai dans sa chambre, la vue de ma mère, attachée à son lit, me fut un choc.

Comment était-elle arrivée à cet état ? Mon cœur se contracta à la vue de cette femme qui était ma mère, réduite à une telle situation. La réalité de son état me frappa de plein fouet.

Elle me décocha un grand sourire, mais soudain, sans raison apparente, elle éclata de rire, puis s'arrêta net, comme si elle avait été coupée dans son élan. Son regard avait durci en se remplissant de colère. J'étais pétrifié, incapable de comprendre ce qui se passait. Elle me fixait avec une expression qui semblait à la fois étrangère et familière, comme si elle avait basculé dans un autre monde.

« *Bonjour* », murmurai-je, rompant le silence qui pesait entre nous depuis si longtemps. Je ne savais pas quoi dire d'autre, les mots me manquaient face à la réalité de la situation.

Je me sentais incapable de prononcer une phrase aussi banale que *"Ça va, maman ?"* alors que tout était si loin d'aller bien. La voir dans cet état me faisait mal. Et c'est là que son regard changea, la colère qui y brûlait s'éteignit, laissant place à un visage plus doux.

Un sourire fragile, mais sincère, éclaira son visage, et je sentis mon cœur se serrer un peu plus.

— *Ah, le fils prodigue, enfin de retour pour rendre visite à sa pauvre maman abandonnée. Tu es un véritable monstre, un enfant de la honte, un être sans cœur qui a laissé sa mère pourrir dans cet endroit. Je devrais te haïr, je devrais te détester pour tout ce que tu m'as fait subir. Et, si je n'étais pas prisonnière de ces liens, je t'aurais déjà étranglé, réduit à un tas de chairs inertes, avec tes yeux qui sortent de leurs orbites comme des fruits pourris. Mais non, je suis coincée ici, tandis que tu te promènes librement, sans même avoir à répondre de tes actes.* Disait-elle avec une rage grandissante.

J'ai été choqué par ces paroles acerbes de ma mère. J'étais blessé et en colère face à cette attaque. Je tentais de garder mon calme, je me retenais de la répondre. J'ai pris une profonde inspiration, en me forçant à rester calme, sachant que sa mère n'était pas elle-même.

— *Alors, elle est venue te faire une petite visite, n'est-ce pas ? Tu as déjà goûté à son charme, bien sûr. Qu'est-ce qu'elle t'a fait, hein ? Qu'est-ce qu'elle t'a fait sentir, qu'est-ce qu'elle t'a fait faire ? Raconte-moi !*

Disait-elle avec un air malicieux et un ton qui laissait entendre qu'elle savait déjà la réponse.

Mais je jouais les innocents, feignant de ne pas comprendre de qui et de quoi elle parlait.

— Je ne vois absolument pas de qui et de quoi tu parles ?

Répondais-je avec un air détaché, essayant de maintenir une expression neutre malgré la tension qui montait en moi. J'étais à bout de tolérance en entendant ma mère évoquer cette entité mystérieuse avec une familiarité qui me faisait froid dans le dos.

C'était comme si elle avait partagé son existence avec cette présence obscure pendant des années, comme si elle avait développé une intimité perverse avec quelque chose qui me semblait en même temps répugnant et terrifiant.

Pour éviter de réagir de manière excessive, je me suis éclipsé de la pièce pendant qu'elle riait. Dans le couloir, j'étais absorbé par mes pensées, lorsque le médecin me demanda si tout allait bien. Je lui répondis que je souhaitais comprendre comment ma mère en était arrivée à un tel état.

J'étais déterminé à découvrir ce qui avait pu la pousser à tenter de se suicider. Le médecin m'entraîna dans son bureau, où il me révéla plus de détails sur l'état de santé de ma mère qui me firent l'effet d'un coup de tonnerre. Les mots qu'il prononça furent comme un scalpel qui ouvrait une plaie profonde, révélant des blessures que ma mère avait gardées cachées pendant des années.

Il me parla des événements traumatisants qui avaient marqué son passé, des souffrances qui avaient laissé des cicatrices indélébiles. Je compris alors que sa maladie était le symptôme d'une douleur plus profonde, plus ancienne, qui avait été enfouie sous des couches de silence et de secrets.

— Pour être franc avec vous, monsieur, votre mère ne s'en remettra jamais. Elle a été diagnostiquée schizophrène il y a une quarantaine d'années et elle avait reçu des traitements qui n'étaient pas adaptés à l'époque. Déclarait-il d'une voix très calme, ce qui m'entraîna encore plus profondément dans ce cauchemar. Je craignais le pire en le pressant de s'expliquer.

— Votre mère a été victime d'un viol collectif il y a environ quarante ans, un événement qui a laissé des cicatrices indélébiles dans son esprit. Depuis, son état mental a commencé à se dégrader, comme si elle était prisonnière d'un cauchemar qui ne cesse de se répéter. Elle est constamment hantée par ce souvenir douloureux, incapable de s'en libérer. C'est une situation extrêmement difficile à vivre, tant pour elle que pour ceux qui l'entourent. Je suis profondément désolé de vous l'apprendre de cette manière, mais je crois qu'il est important que vous sachiez la vérité.

À ce moment-là, les mots du médecin se brouillèrent dans mon esprit. L'ampleur de la catastrophe était telle que j'avais du mal à l'assimiler.

Après un court moment de silence pour assimiler la nouvelle, le médecin reprit la parole et me révéla qu'il avait commencé à la suivre en psychiatrie dans son ancien hôpital, juste avant de rejoindre cet établissement.

D'après les informations que le médecin m'avait fournies, cette affaire avait fait grand bruit à l'époque, occupant là une des journaux de l'île.

Selon lui, lorsqu'il a repris le dossier médical, ma mère aurait consulté une prêtresse pour concevoir un enfant, mais les signes de violence étaient nombreux et inquiétants. J'ai eu du mal à accepter l'idée que ma mère ait pu subir de tels traumatismes physiques et émotionnels.

Cette révélation était à la fois choquante et douloureuse, et j'ai dû faire un effort pour conserver mon calme et rester concentré. À mesure que les détails de cette affaire m'étaient révélés, une terrible vérité a commencé à émerger : ma sœur et moi étions les enfants nés d'un viol.

Le choc fut immense, je me sentais submergé par une gamme d'émotions complexes. La colère, la tristesse et la confusion se mélangeaient. Je me demandais comment ma vie aurait été, si j'avais su la vérité plus tôt. J'étais perdu, luttant pour accepter cette nouvelle identité qui m'avait été imposée.

9 Une décision indécise

Mercredi 29 mars. Le réveil fut pénible, le soleil matinal qui filtrait à travers les rideaux ne faisant qu'aggraver mon mal de crâne. La gueule de bois me frappait de plein fouet, et je dus faire un effort pour me souvenir de comment j'étais rentré chez Sylvie depuis la plage. Les événements de la soirée précédente étaient flous, mais les souvenirs de la garde à vue me revinrent avec une clarté déplaisante. J'avais été accusé de complicité dans l'enlèvement de ma sœur. Et toujours pas de nouvelles de Sylvie.

Mais ce n'était pas tout. Les mots du médecin résonnaient encore dans ma tête, " *Votre mère a été victime d'un viol collectif*". Cette révélation fut un coup de grâce. Ma mère, violée il y a plus de quarante ans, ça expliquait ses réactions étranges. Et le plus bouleversant, c'est que nous étions le fruit de cette barbarie, putain de cadeau de la vie. Peut-être que Sylvie l'avait su, ce qui expliquerait pourquoi elle avait arrêté son traitement et autre chose par la suite. Je n'avais aucune piste pour la retrouver et je ne savais pas où elle pouvait être. J'étais submergé par ces révélations, essayant de digérer le fait que ma propre existence était liée à un acte de violence indescriptible.

Je me levai, l'esprit embrumé par l'alcool et les idées noires. Je ne m'étais pas loupé hier soir, tout ça pour oublier cette situation. J'étais fatigué de toutes ces conneries, j'avais l'impression que le sol se dérobait sous mes pieds pendant que j'étais debout, sûrement un reste d'hier soir. Comment j'allais faire face à cette nouvelle réalité ?

Comment pourrais-je continuer à vivre en sachant tout cela, maintenant ! Je me dirigeai avec mille peines vers la cuisine, cherchant du réconfort dans une tasse de café chaud, où même ce café très fort n'arrivait pas à chasser le froid qui s'était installé dans mes os.

Je me mis à penser à ma sœur, à l'endroit où elle pouvait être, et à la douleur qu'elle devait ressentir en apprenant la vérité. Il fallait que je me reprenne en main. Si Sylvie était là, elle m'aurait sortie *« du moment qu'on est encore debout. C'est qu'on peut avancer »*. J'adorais la vision qu'elle avait de ce monde, c'est con, mais là ! Elle me manque.

C'était la seule façon d'avancer, même si cela signifiait affronter des souvenirs douloureux et des vérités difficiles. Submergé par tous ces évènements, je décidai de me rendre à la plage pour prendre l'air et clarifier mes pensées. La solitude et le bruit apaisant des vagues me permirent de mieux réfléchir.

Alors que je marchais le long de la plage, les souvenirs de mon enfance sur l'île me revinrent en tête. Il n'y avait pas à dire, on était ignorant, ma sœur et moi, de toutes ces histoires, mais on était bien, on était heureux comparé à maintenant ! Moi qui pensais qu'on allait juste signer des documents, me voici baignant dans une sale histoire de disparition agrémentée de sorcellerie.

Toutes ces choses qui étaient réunies ne faisaient qu'empirer la situation. J'avais besoin de distance, de m'éloigner de tout ça.
J'avais envie de retourner en métropole assez rapidement. J'étais fatigué moralement et étant seul désormais, j'avais besoin de temps pour me reconstruire. Je n'avais qu'à laisser les gendarmes poursuivre leur enquête, confiant qu'ils feraient tout leur possible pour retrouver ma sœur.

Puis revenir quelques mois après, trois mois maxi, faire face à la vérité, à ma sœur et à moi-même. J'avais besoin de temps pour digérer ces révélations, pour me préparer à affronter toutes ces choses. Ce n'était pas un adieu, mais un au revoir temporaire, un pas nécessaire vers ma guérison afin de mieux comprendre qui je suis.

En balayant l'horizon du regard, j'aperçus, à quelques mètres devant moi, la personne qui travaillait dans le magasin d'ésotérisme à l'intérieur de la galerie.

Je lui adressai un grand geste de la main en signe de salutation. Intrigué par cette rencontre inattendue, je décidai de l'aborder et nous nous sommes rejoints.
Je décidai d'engager la conversation avec cette personne. Nous nous sommes assis sur le sable, face à la mer, et j'appris qu'il s'appelait Serge. Je lui expliquai brièvement les événements récents et mon état d'esprit troublé. Serge m'écouta avec compassion et me demanda ce que je comptais faire maintenant !

Je lui expliquai que mon souhait dans l'immédiat était de prendre du recul en retournant en métropole, et que je prévoyais de revenir plus tard. Serge me conseilla, si j'étais d'accord, d'aller une dernière fois là où tout avait commencé, à Fleurimont. Il suggéra que, peut-être, avec un regard neuf, je verrais les choses sous un angle différent. Intrigué, je lui demandai s'il connaissait quelque chose sur le vaudou.

Il me répondit que c'était un domaine complexe, que de nombreux Réunionnais s'y étaient intéressés par le passé, mais qu'ils l'avaient rapidement mis de côté, trouvant le sujet trop obscur. Après plusieurs heures de discussion, Serge a réussi à me convaincre. Je décidai de prendre la voiture de ma sœur pour me rendre à Fleurimont, à la maison de ma défunte tante.

Je voulais fouiller la maison une dernière fois, dans l'espoir de trouver des indices ou des réponses que j'aurais pu manquer avant toute cette histoire.
Ayant besoin de provisions et surtout de bières pour la nuit et de quelque chose pour calmer ma gueule de bois, je m'arrête à la première épicerie que je rencontre, puis je reprends la route vers Fleurimont, avec une pointe d'anxiété.

Je me posais des questions sur cette terrifiante « chose » qui hantait mes cauchemars. Si c'était une entité, quel était son but ? J'avais une idée très stupide en tête, mais c'était la seule que j'avais. Je voulais lui parler.

Une fois arrivé à Fleurimont, devant la maison familiale, mon cœur s'arrêta. Je craignis de trouver des réponses que je n'étais pas prêt à affronter. J'ouvris le portail et pénétrai dans le jardin, qui, faute d'entretien, avait toujours cet air abandonné.

En entrant dans la maison, je remarquai un peu de poussière, mais rien d'autre ne semblait avoir changé.

Malgré ma crainte, une conviction grandissait en moi. Je devais explorer cette maison, en commençant par la chambre dans laquelle j'avais dormi. Mais je ne trouvais rien d'anormal. Je passai ensuite à la chambre où ma sœur avait dormi avant de me menacer avec un couteau.

Je me sentais obligé de trouver des indices, des réponses, quelque chose qui m'aiderait à comprendre ce qui se passait. La pièce était toujours dans le même état de désordre que la dernière fois.

Je fouillai méthodiquement chaque recoin, chaque tiroir, espérant découvrir un signe, un message, n'importe quoi qui me mettrait sur la bonne piste. Mais il n'y avait rien. Je faisais les cent pas pour réfléchir, mais mon esprit restait vide. Puis mon regard se posa ensuite sur le matelas, ce qui me ramenait à un souvenir avec ma sœur.
Je me souvenais qu'elle avait l'habitude de cacher des choses sous son matelas. Je le soulevais, et soudain, j'avais trouvé un indice.

Il y avait un cahier, un peu comme un journal intime. Ce que j'y lus me glaça le sang.

« Je l'ai ouverte, quelque chose était sorti de cette boite. Elle ressemblait à la mort. » — *« Je ne sais pas combien de temps, je vais pouvoir la résister, mais elle me fait horriblement peur. »*

Je ne comprenais pas le sens de ses écrits, ni même qui était visé. Plus loin dans ma lecture, elle évoquait également une odeur de brûlé, ce qui me faisait penser aux propos du médecin et de ma mère. Sur la dernière page. Elle exprimait une dévotion totale envers cette femme, affirmant qu'elle était prête à faire n'importe quoi pour elle, sans limites ni réserve.

C'est là que mes doutes ont commencé à surgir. Était-ce l'arrêt de son traitement ou était-elle réellement en danger ? Et cette odeur de brûlé, mentionnée à nouveau, mais ce qui me dérangeait, c'est qu'elle considérait cette chose comme une femme !

Je continuai à fouiller cette maison, espérant trouver d'autres indices. Mais avant que je m'en rends compte, la nuit était déjà tombée. Ma recherche était maigre, mais je n'étais pas découragé pour autant. Maintenant, je voyais un peu plus clair dans tout ça.

Mais une odeur familière attira mon attention, c'était une odeur de brûlé. Cette odeur me ramena à l'obscurité de mes cauchemars, un souvenir que j'aurais préféré oublier. Mais cette fois, quelque chose était différent. La peur ne m'immobilisa pas, mais une appréhension croissante me gagna tandis que je me lançais à sa recherche.

Elle semblait provenir du salon, et lorsque j'y entrai, l'odeur âcre me piqua la gorge. Le sol était recouvert de cendres, et sur la table basse, un coffre en bois orné d'inscriptions mystérieuses était ouvert, comme si quelque chose avait été libéré.

Et puis, je l'entendis. Ce murmure sinistre paraissait émaner des ténèbres elles-mêmes. Mon cœur se serra alors que je levai les yeux, et là, comme dans un cauchemar, je la vis. Elle rampait au plafond, comme une silhouette surgie des ombres, se déplaçant lentement vers le mur en face.

La terreur s'empara de moi tandis que je réalisais que mes cauchemars les plus sombres étaient devenus réalité. Mes jambes se mirent à trembler alors que je me trouvais si proche de cette entité. L'odeur de chair brûlée était insistante, et je ne savais pas ce que cette entité cherchait.

Une chose était sûre, elle ne voulait pas me tuer. Il y avait autre chose qui l'intéressait, quelque chose qui la retenait ici. Cette entité avait quelque chose de plus que la fois précédente, elle avait des traits plus féminins qu'une créature.

Le silence était pesant, chargé d'une tension palpable. J'étais en même temps intrigué et effrayé par cette présence mystérieuse.

Face à cette entité terrifiante, mon courage vacilla. Je sentis la peur m'envahir, une peur primitive face à l'inconnu. Ma voix tremblait alors que je posais la question.

— « *Que voulez-vous ?* »

Mon cœur battait la chamade et mes mains étaient moites. J'étais conscient de la présence oppressante de cette entité, de ce qu'elle pouvait faire. La crainte m'envahissait, mais je devais savoir, même si la réponse risquait d'être terrifiante. Elle me traita d'ignorant, d'insipide, et d'un geste, elle me projeta dans le canapé, me rendant vulnérable.

Je pouvais sentir le souffle chaud de sa respiration, quand ses mains brûlantes se refermèrent sur mes épaules, et elle me murmura une vérité à l'oreille qui me fit vaciller.

*— J'ai été invoquée par des êtres avides de pouvoir, qui ont cru qu'ils pouvaient me contrôler, pour une femme qui désirait un enfant. Malheureusement, je n'étais pas celui qu'il attendait... Ils ont profané mon nom, ils m'ont manqué de respect, ils ont osé me défier. Ma colère fut à la hauteur de leur incompétence.
J'ai orchestré l'enfantement et la première fille que cette femme n'aura jamais était mon prix.*

— Mais... qui es-tu ? demandais-je avec une voix remplie de terreur.

Elle laissa planer un instant de silence, ajoutant un peu plus de mystère à sa révélation. Sa voix prit une teinte de cynisme lorsqu'elle reprit la parole.

— Je suis l'Ombre qui précède la Lumière, la Ténèbre qui engendre la Vie. Je suis la Mère des Abîmes, la Reine des Ténèbres, la Déesse de la Nuit. Je suis celle qui a été oubliée, mais jamais éteinte. La Voix qui murmure dans les recoins de l'esprit. La Séductrice des Âmes, la Gardienne des Secrets. Je suis l'Inconnue, la Mystérieuse, la Terrible. Je suis celle qui a été invoquée, mais jamais contrôlée.

À mesure qu'elle se présentait, chaque parole de cette créature ressemblait à un poignard qui me transperçait l'âme, me causant une douleur si atroce, si déchirante, que mon cœur semblait se déchirer en mille morceaux. La souffrance était si insupportable que je me suis évanoui, submergé par une vague de ténèbres qui m'a englouti.

Le lendemain matin, jeudi 30 mars, je fus réveillé avec difficulté par les rayons du soleil qui filtraient à travers les fenêtres.
La pièce était en désordre, jonchée de cannettes de bière vides et d'une glacière ouverte sur la table basse. Je me réveillai avec une forte migraine et entendis quelqu'un frapper à la porte. La voix me parut familière, c'était celle de mon oncle. Je me levai péniblement du canapé pour ouvrir la porte, et mon oncle entra brusquement, brandissant son journal.

Ses paroles étaient précipitées et difficiles à comprendre, mais mon regard fut immédiatement attiré par le titre "Disparition inquiétante" avec la photo de Sylvie en dessous. Je pris le journal et lus l'article avec stupeur, découvrant que Camille, la copine de Sylvie, m'accusait d'être impliqué dans sa disparition. Je fus envahi par un tourbillon d'émotions contradictoires.

La colère montait en moi à l'encontre de Camille pour ses accusations infondées, tandis que la peur pour la sécurité de ma sœur me glaçait le sang. Un sentiment de trahison me submergeait également, me laissant désemparer.

Je fus choqué qu'elle puisse avoir des soupçons à mon égard, alors que j'essayais de rassembler toutes les informations sur sa recherche. Mon esprit tournait à plein régime pour essayer de comprendre ce qui se passait dans sa tête.

Quant à mon oncle, il jetait un regard désapprobateur sur le salon en désordre et me conseilla d'arrêter de boire et d'aérer la pièce pour me rafraîchir les idées. Il était clair qu'il ne voulait pas être impliqué dans une histoire de disparition, surtout une affaire aussi complexe et troublante.

Je comprenais sa réticence, mais je ne pouvais m'empêcher de ressentir de l'amertume face à son manque de soutien. Je me sentis seul face à cette épreuve, souhaitant désespérément un peu de réconfort et d'encouragement de sa part. Je réalisai que chacun faisait face à ses propres démons et que je devais trouver la force en moi-même pour pouvoir continuer avec les difficultés que je rencontrais.

10 Une déception agréable

Assis sur un tabouret de fortune à la terrasse de la maison de notre défunte tante, je me laissais aller à la nostalgie de la vie tranquille que j'avais menée à Marseille. L'accumulation des événements récents m'écrasait, mon divorce, la perte de tante Joséphine, la disparition de ma sœur, les problèmes avec la maison et cette entité. Je me sentais submergé par l'adversité et un sentiment de déception profonde. Comment avais-je pu me tromper à ce point sur les personnes que je croyais connaître le mieux ?

La famille, que je croyais connaitre, me semblait désormais étrangère et cela me remplissait d'amertume. Je me sentais perdu, sans repère, et incapable de faire confiance à quiconque. C'était comme si le sol se dérobait sous mes pieds, me laissant seul et vulnérable.

Je devais pourtant me ressaisir, malgré la douleur qui m'oppressait. La situation était devenue insoutenable et je n'avais plus rien qui me retenait ici.

L'idée de quitter cet endroit me pesait, mais je savais que c'était nécessaire. Je devais prendre soin de moi-même, même si cela signifiait partir.
La tristesse m'envahit en réalisant que tout ce que j'avais connu et aimé ici n'existait plus.

C'était comme si une partie de moi mourrait avec ces souvenirs. Ma première décision concernait cette maison, qui était devenue un véritable gouffre financier. Le simple fait d'y penser me remplissait d'angoisse. Les droits de succession étaient une autre source de stress, et je ne pouvais m'empêcher de me sentir frustré que Sylvie avait cette charge.

J'espérais de tout cœur que le notaire était ouvert aux négociations et que nous pourrions trouver un terrain d'entente. J'ignorais si je devais garder cette maison pour la revendre. J'étais partagé. Si je gardais cette maison, je réalisais que ce n'était pas réaliste financièrement, à moins de trouver une autre solution, mais pour le moment, je n'en avais pas.

Chaque pièce de la maison me rappelait des souvenirs précieux, et l'idée de la voir dans les mains d'un autre propriétaire me déchirait le cœur.
J'espérais que, en abandonnant la maison, je pourrais également abandonner une partie de la peine et de la déception qui m'habitaient depuis quelque temps.

Je décidai de prendre les choses en main pour mettre fin à cette période difficile qui me minait moralement. En prenant une profonde respiration, je me dirigeai vers le salon, déterminé à retrouver la carte du notaire qui, j'espérais, me permettrait de trouver une issue à cette impasse.

Mon cœur battait à tout rompre à l'idée de contacter le notaire, mais je me répétais que c'était peut-être la seule façon de sortir de cette situation.

Je fouillai fébrilement parmi les papiers, priant pour que le notaire soit compréhensible et humain, capable de comprendre la délicate situation dans laquelle je me trouvais. Je me sentais vulnérable et émotif, mais je devais me faire violence pour surmonter mon anxiété et avancer.

Lorsque je finis par trouver la carte, je me répétai que c'était une étape indispensable pour tourner la page et entamer un nouveau chapitre de ma vie. Malgré l'incertitude qui me tenaillait, je me rassurai en me disant que le notaire pourrait m'aider à trouver des solutions pour alléger le poids qui m'accablait.

Après une longue et intense discussion au téléphone, j'étais soulagé d'entendre une proposition de la part du notaire.

Il était compréhensible et empathique, il avait même suggéré un échelonnement des droits de succession, ce qui allégeait ainsi le fardeau financier immédiat. Je me sentis allégé, comme si un poids s'était enlevé de mes épaules.

Avec cette nouvelle perspective, je commençais à envisager d'autres options pour cette maison. La vendre n'était plus la seule solution. Je me demandais si je ne pouvais pas la louer sur le long terme. Cela me permettrait de conserver la maison et ainsi de générer des revenus réguliers pour couvrir les frais, malgré les risques qui y étaient liés.

Le lendemain, je me rendis à Saint-Gilles-les-Bains pour me renseigner sur les agences immobilières. Mais, alors que je traversais le centre-ville, mon attention fut captée par une agence de voyage. Je m'arrêtai un instant devant leur vitrine, laissant mon imagination vagabonder vers l'idée de retourner en métropole, peut-être à Marseille ou ailleurs. L'envie de quitter la Réunion et de repartir à zéro dans une nouvelle ville me traversa l'esprit.

Mais, je secouai la tête pour chasser ces pensées. J'avais une mission à accomplir et je devais me concentrer sur la raison de ma venue ici. Je repris ma route, déterminé à trouver une agence immobilière qui pourrait m'aider à louer la maison.

Après quelques heures de recherche, j'ai enfin pu obtenir toutes les informations nécessaires auprès d'une agence immobilière. J'étais soulagé et confiant quant à la possibilité de louer cette maison. Mais malgré cette épine en moins, l'idée de quitter l'île continuait de me tarauder.

L'appel de l'aventure et le désir de découvrir de nouveaux horizons me hantaient toujours, me faisant presque hésiter entre la sécurité d'une nouvelle maison et les vastes étendues de l'inconnu qui m'attendait ailleurs.

Le souvenir de l'affiche de l'agence de voyage qui m'avait captivé plus tôt me revint en mémoire. Je décidai de passer à l'action et me rendis à l'agence pour discuter avec un agent des possibilités de départ. Je voulais connaître les options pour un billet ouvert, sans date de retour précise.

Puisque j'étais déjà en ville, j'en profitai pour me rendre à la gendarmerie, située à proximité. J'avais envie de savoir si les enquêteurs avaient découvert de nouveaux éléments concernant la disparition de Sylvie.

À mon arrivée, un officier me reconnut immédiatement et m'invita à entrer dans son bureau. J'espérais ardemment obtenir des informations sur l'avancement de l'affaire, mais mes espoirs furent déçus.

Le gendarme, l'air sombre, me confirma que l'enquête était toujours en cours, mais qu'aucun progrès significatif n'avait été réalisé. Pire encore, les soupçons qui pesaient sur moi, me liant à la disparition de ma propre sœur, étaient toujours présents. Je fus bouleversé et blessé par ces accusations, qui me semblaient toujours aussi infondées.

Je répétai avec force que j'étais innocent et que j'aimais ma sœur plus que tout, ce qui me rendait incapable de lui faire le moindre mal. Mais malgré mes protestations, le gendarme m'écoutait avec une attention qui cachait une suspicion évidente. Son regard me transperçait, et je sentais que mes dénégations ne suffisaient pas à le convaincre.

Face à ses doutes, je me sentais pris au piège d'une situation qui me paraissait insurmontable. Mais je refusais de baisser les bras.

Je continuais à bombarder le gendarme de questions, cherchant désespérément à obtenir des réponses sur l'enquête. Y avait-il de nouveaux indices qui avaient été découverts ? Y avait-il des témoins qui pouvaient jeter une lumière sur la disparition de Sylvie ? Quelles étaient les nouvelles pistes que les enquêteurs suivaient ?

Je voulais tout savoir, mais le gendarme restait évasif, laissant mes questions sans réponse. Lorsque je suis sorti de la gendarmerie, j'étais déçu et frustré.

Le gendarme m'avait donné quelques informations supplémentaires, mais malheureusement, je les connaissais déjà. Il était évident que l'enquête était au point mort.

Je me suis dirigé vers l'appartement de Sylvie, pensant qu'il me restait encore beaucoup à faire. Mais en arrivant devant sa maison, je fus stupéfait : une pancarte "À louer" était affichée sur le portail, avec le logo d'une agence immobilière. Je me sentais écœuré, incrédule. C'était limpide, je n'avais plus aucune raison de rester sur cette île.

La maison de Sylvie était sur le point d'être louée, et je me sentais comme complètement inutile. Mon cœur se serra à la réalisation que même la maison de Sylvie, qui avait été un refuge temporaire, m'était maintenant inaccessible. Comme si l'univers conspirait contre moi. J'avais l'impression d'être un étranger dans ma propre vie.

Je restai un moment devant la maison, absorbant la signification de cette pancarte. Je devais accepter l'inévitable, il était temps pour moi de partir. C'était comme si j'errais dans un lieu qui n'était plus le mien. Je lançai un dernier regard nostalgique sur la maison de Sylvie, puis je repris la route en direction de Fleurimont, emportant avec moi le seul souvenir qui me restait de ma sœur, sa voiture.

Le lundi 3 avril, je me trouvais à Fleurimont, affairé à tailler les buissons et à tondre la pelouse du jardin de la maison. C'était une tâche nécessaire, car j'avais entrepris des démarches pour la louer avec l'aide d'une agence immobilière.
Je voulais que tout soit impeccable avant leur arrivée pour les photos qui seraient affichées sur leur site web.

Ce travail épuisant m'aidait à garder mon esprit occupé et à me concentrer sur des tâches concrètes, plutôt que de me laisser submerger par les pensées troublantes qui tournaient en boucle dans ma tête depuis les derniers événements. Je m'efforçais de maintenir une certaine distance émotionnelle avec tout cela, du moins pour l'instant.

Cependant, le dimanche soir, alors que je m'apprêtais à me détendre après une longue journée de travail sur l'entretien de la maison, l'actualité de l'île attira mon attention. C'était Camille Payet, la petite amie de ma sœur, qui faisait la une des journaux télévisés.

Mon nom a été mentionné dans l'affaire de la disparition de ma sœur, les journalistes ont suggéré que j'étais un suspect potentiel dans cette affaire mystérieuse.

J'ai observé les images avec une sensation de détachement, comme si je regardais un drame se dérouler dans la vie de quelqu'un d'autre.

J'étais conscient de la gravité de la situation, mais j'avais érigé une barrière émotionnelle pour me protéger de la douleur et de la confusion qui l'accompagnaient.

C'est alors que j'ai pris une profonde respiration et j'ai détourné le regard de l'écran, choisissant de me concentrer sur le calme de la soirée. J'ai pris conscience que ma distance émotionnelle n'était pas seulement une défense contre la douleur, mais aussi une reconnaissance du fait que je n'avais rien à voir avec la disparition de ma sœur.

Je me répétais que la vérité finirait par émerger et que mon nom serait blanchi de tout soupçon. Pour le moment, je devais me concentrer sur mes propres affaires et laisser les autorités mener l'enquête à leur rythme. J'avais confiance que la justice serait rendue, même si cela impliquait de faire face à des accusations infondées et à la curiosité morbide du public.

Au mois de mai, j'ai ressenti un immense soulagement et un sentiment de réconfort lorsque j'ai reçu la confirmation que j'attendais, la maison était enfin louée.
C'était un moment émotionnellement chargé, mais je me sentais prêt à tourner la page et à embrasser un nouveau chapitre de ma vie.

C'était comme si je fermais un chapitre de ma vie et que je me préparais à en écrire un nouveau, plus lumineux et plus épanouissant. Je me sentais léger et prêt à prendre mon envol vers de nouveaux horizons. Un nouveau départ m'attendait, avec ses promesses d'aventures, de découvertes et de nouvelles amitiés.

11 une longue transition

À la fin du mois de mai 2017, j'ai pris la décision de rentrer à Marseille. En l'espace d'à peu près deux mois, je suis passé de mésaventure en mésaventure. Les locataires de la maison marquaient un nouveau chapitre dans ma vie. La maison « Le Carambole » avait été louée à un jeune couple du sud. J'étais aussi soulagé d'avoir trouvé un arrangement avec l'agence qui m'avait aidé à trouver un nouvel endroit où vivre à Marseille.

Faire mes adieux au quartier Le Fleurimont fut mélancolique. D'un côté, j'étais excitée à l'idée de redécouvrir Marseille, une ville dans laquelle j'ai vécu de bons souvenirs, de retrouver l'ambiance du Vieux-Port et tout le charme du sud.

Mais de l'autre ! Je ne pouvais m'empêcher de ressentir un peu d'amertume en pensant aux souvenirs que j'ai eus à la Réunion jusqu'à mes dix-huit ans. Quant à ma sœur, les flics eux-mêmes n'avançaient plus. J'ai fini par me dire qu'elle n'était plus de ce monde. Le Carambole avait été mon foyer pendant tant d'années, et je me sentais profondément attachée à elle.

Mes derniers jours dans la maison furent consacrés à une promenade rétrospective à travers les pièces vides, où les souvenirs de rires, de larmes et de moments précieux refaisaient surface. Les échos de ces instants restèrent présents dans mon esprit, et je me suis autorisé à les toucher une dernière fois, comme pour leur dire adieu. J'ai fait une promesse à cette maison de revenir plus tard, espérant qu'elle conserverait un peu de moi dans ces murs. Quitter ce lieu qui m'avait été cher fut une décision difficile. Mais je savais qu'elle était nécessaire. C'était ma décision.

Après un vol de presque dix heures, je pose enfin le pied à l'aéroport de Marseille-Provence, avec de nouveaux espoirs et des projets plein la tête. Je suis impatient de redécouvrir ce que cette ville avait de nouveau à m'offrir. Dès mon arrivée, je suis accueilli par la brise marine fraîche et le soleil éclatant du sud, ce qui me remontait immédiatement le moral.

Dès mon arrivée, j'ai su que c'était l'endroit idéal pour moi. J'ai exploré les rues animées et je me sentais vivant et plein d'énergie. Mon nouvel appartement, confortable et accueillant, m'a immédiatement plu.

J'ai commencé à le meubler avec mes souvenirs et mes objets personnels, et même si ce n'était qu'un petit studio, il était tout aussi spacieux que celui que j'avais à Fleurimont.

Même si j'étais ravi de mon nouvel environnement, la solitude et la nostalgie me prenaient parfois le dessus. Je me souviens d'avoir regardé par la fenêtre de mon appartement, observant la vie animée de la ville, et me sentant un peu désemparée et isolée. Mais je me suis rappelée que j'avais déjà affronté des défis similaires par le passé et que j'en étais sortie plus forte.

Avec le temps, Marseille est redevenue ma maison. J'ai fait de nouveaux amis, j'ai découvert des endroits incroyables et j'ai commencé à créer de nouveaux souvenirs.

Et bien que « Le Carambole » ait toujours une place spéciale dans mon cœur, je savais que ma décision de déménager était la bonne. J'avais trouvé un nouvel endroit où m'épanouir et construire ma vie, et je me sentais profondément reconnaissante pour cette nouvelle aventure.

Au fil des semaines, j'explorais les marchés animés, je redécouvrais le goût des plats locaux, sans compter les magnifiques paysages de la côte.

Mais le changement le plus significatif a été de trouver un nouvel emploi qui correspondait parfaitement à mes besoins.

J'ai eu la chance de trouver un poste de serveur dans un charmant petit restaurant près du port. Le travail était stimulant et gratifiant, et le meilleur de tous, c'est que je travaillais uniquement le midi, ce qui me laissait le reste de la journée et mes dimanches libres pour explorer et me détendre.

Le restaurant avait une ambiance chaleureuse et accueillante, et le personnel était comme une famille. Chaque jour, je me réjouissais de travailler avec eux, de préparer des plats délicieux et de rencontrer des clients intéressants. L'atmosphère positive et joyeuse du restaurant a eu un impact profond sur mon moral.

Après des mois de travail stressant et d'heures irrégulières, avoir un emploi du temps prévisible et équilibré était merveilleux. Je me sentais revigoré et plein d'énergie, et j'ai enfin eu le temps de me consacrer à mes passions et à mes loisirs. Les après-midi ensoleillés étaient consacrés à la découverte de nouveaux sentiers de randonnée, à la lecture dans les parcs ou à la simple contemplation de la beauté de la ville.

Mes dimanches étaient des oasis de calme et de tranquillité. J'ai pris l'habitude de me promener le long de la côte, de respirer l'air marin et de regarder les bateaux danser sur les vagues. J'ai trouvé la paix et la sérénité dans ces moments, et j'ai commencé à me sentir profondément connecté à ma nouvelle maison.

Le soutien et la camaraderie que j'ai trouvés au restaurant ont également contribué à ma guérison émotionnelle. Mes collègues sont devenus des amis proches, et nous avons partagé des moments de rires et d'échanges lors de nos pauses. Ils m'ont accueilli à bras ouverts et m'ont fait sentir que j'avais trouvé ma place dans cette ville merveilleuse.

Avec le temps, je me sentais revivre, mon sourire réapparaissait . Je savais aussi que j'avais fait le bon choix en décidant de me lancer dans cette nouvelle aventure à Marseille. La ville m'a offert une seconde chance, une carrière épanouissante et un sentiment de sérénité que j'avais cru perdu à jamais.

Et puis, je l'ai rencontrée, elle. Nath, une femme d'une beauté à couper le souffle, avec un sourire capable d'effacer toutes les peines du monde. Ses yeux brillaient d'une lueur qui semblait éclairer tout l'espace autour d'elle, et sa présence était comme un baume apaisant pour mon âme.

Nous nous sommes rencontrés dans un pub, où notre amitié s'est rapidement épanouie, comme si nous nous connaissions depuis très longtemps. Nous avons partagé des rires, des histoires et des secrets, et malgré le peu que je savais sur elle, j'ai senti que j'avais trouvé une âme sœur.

Au fil des rendez-vous, nous nous sommes découverts et une complicité profonde s'est installée entre nous. Nous avons exploré la ville ensemble, nous sommes allés au cinéma, au concert, et avons passé des heures à discuter de tout et de rien. Chaque instant passé en sa compagnie était un cadeau, un moment de bonheur pur qui me faisait oublier tous mes soucis. Et pourtant, je sentais que je ne connaissais pas encore tout d'elle, qu'il y avait encore tant de choses à découvrir ensemble.

Mais ce que je savais, c'est que j'étais amoureux. Amoureux de son sourire, de ses yeux, de sa voix, de sa présence. Amoureux de la façon dont elle me faisait me sentir, de la façon dont elle m'aidait à voir le monde sous un nouveau jour. Je savais que je voulais passer le reste de ma vie à ses côtés, à explorer ce monde ensemble, à partager tous les moments de bonheur et de tristesse qui nous attendaient.

Et alors que je me couchais chaque nuit, reconnaissant pour cette seconde chance que la vie m'avait offerte, je savais que le meilleur était encore à venir. Cette ville était bien mon havre de paix, et je me sentais prêt à affronter l'avenir avec confiance.

Les mois passèrent et ma vie semblait presque trop belle pour être vraie. Un soir, vers les vingt-trois heures, quelqu'un sonna à la porte de mon appartement. Avec une appréhension grandissante, je me dirigeai vers la porte, ignorant tout ce qui pouvait s'y trouver.

En ouvrant la porte, je fus saisi d'effroi. Debout devant moi se tenait une figure familière, mais tout aussi sombre que dans mes cauchemars à la Réunion. C'était elle, ou du moins physiquement parlant. Son visage autrefois radieux était maintenant pâle et sans vie, ses yeux brillaient d'une lueur malsaine. Son sourire, autrefois chaleureux, était devenu un rictus sinistre.

Mon cœur s'est arrêté de battre alors que les souvenirs d'un passé traumatisant à La Réunion revenaient me hanter. Mais cette fois, la peur que j'ai ressentie était d'une tout autre nature. Il y avait quelque chose de profondément maléfique dans son regard, comme si une force obscure avait pris possession d'elle.

— *Tu m'as manqué, frangin.* murmura-t-elle d'une voix étrangement altérée, qui me parut si différente de celle que j'avais connue.

Son ton était chargé de sous-entendus sinistres, me faisant frissonner jusqu'à la moelle. Je la laissai entrer, mon esprit tourbillonnant de questions inquiétantes. Elle s'avança dans l'appartement, ses pas lents et calculés, comme si elle savourait chaque instant de mon malaise croissant. Son regard scrutait chaque recoin de mon chez-moi, comme si elle cherchait des secrets à exploiter.

Elle s'asseyait sur le canapé, elle me fixa de ses yeux perçants, ses doigts fins jouant avec une mèche de ses cheveux. Son sourire s'élargit, révélant des dents anormalement pointues.

— *Je trouve que tu t'es bien refait, mais tu as été un horrible garçon, mon cher frère.* Disait-elle, en prenant un air accusateur.

— *Alors aujourd'hui, c'est ton jour de chance, je te pardonne. Tu te rappelles cette nuit ? Au Carambole... Maintenant, on est ensemble. Toi et moi !* Me disait-elle avec froideur en se vautrant dans le canapé.

Ensuite, une odeur de brûlé s'est faufilée dans l'air, me nouant l'estomac, tandis que les souvenirs de cette chose qui grimpait au plafond me revenaient en mémoire avec une intensité déstabilisante.

Cette créature qui se tenait devant moi ressemblait à ma sœur, elle avait certaines de ses mimiques. Mais c'était une entité manipulatrice et perverse, animée par des intentions sombres qui semblaient émaner d'elle.

— Tu as besoin de moi, on saura un couple idéal, je serai meilleur que ta putain de Nathalie que tu te coltines en ce moment. D'ailleurs ! Elle aussi, elle est très vilaine. Ensemble, nous pouvons enfin être libres. Elle murmura, tout en adoptant une pose qui laissait planer le doute sur ses intentions.

Son rire résonna dans l'appartement, faisant vibrer les murs comme s'ils étaient hantés par une présence maléfique. Je me sentais piégé, prisonnier d'un cauchemar éveillé. Alors que l'horloge qui était au mur affichait minuit, j'ai réalisé que ma vie à Marseille ne serait plus jamais la même. L'horreur que j'avais connue à La Réunion m'avait retrouvée, et cette fois, elle était encore plus terrifiante et plus proche de moi que jamais.

FIN

Le goût amer du carambole.

MIXTE
Papier issu de sources responsables
Paper from responsible sources
FSC® C105338